Capítulo Uno

Aquello no iba bien.

Por haber sido defensa central y capitán del equipo de los Scorpions de Nueva York, Cooper Landon era uno de los héroes deportivos más queridos de la ciudad. Su carrera como jugador de hockey siempre había sido su gran baza.

Hasta aquel día.

Miró por la ventana de la sala de reuniones del despacho de su abogado, en Manhattan, y contempló el tráfico deslizándose lentamente por Park Avenue. La calle estaba atestada de gente que realizaba sus actividades cotidianas: hombres de negocios que paraban un taxi, madres que empujaban un cochecito... Tres semanas antes él era como ellos e iba por la vida sin darse cuenta de que su mundo podía derrumbarse con inusitada rapidez.

Un accidente estúpido le había arrebatado la única familia que tenía: su hermano Ash y su cuñada Susan habían muerto, y sus pequeñas sobrinas eran huérfanas.

Apretó los puños y trató de reprimir la ira que sentía ante tamaña injusticia.

Le quedaban sus sobrinas. Aunque las habían adoptado, Ash y Susan las querían como si fuesen suyas. En aquel momento estaban a cargo de él y estaba decidido a darles la vida que su hermano hubiera deseado. Se lo debía a Ash.

–Entonces, ¿qué te parece la última? –le preguntó Ben Hearst, su abogado, mientras tomaba notas sobre las candidatas a niñera que habían visto esa tarde.

Coop se volvió hacia él, incapaz de ocultar su frustración.

–No le confiaría ni mi hámster.

Al igual que las otras tres mujeres a quienes habían entrevistado, a la última candidata le interesaba más hablar de su carrera como jugador de hockey que de las mellizas. Había conocido a millones como ella, mujeres que trataban de conseguir un marido famoso. Aunque en otro tiempo él hubiera disfrutado por ser el centro de atención y probablemente se hubiera aprovechado de ello, en aquellos momentos le resultaba molesto. No lo veían como el tutor de dos niñas preciosas, sino como un trozo de carne. Acababa de perder a su hermano y ninguna de las candidatas a niñera le había dado el pésame.

Llevaba dos días realizando entrevistas improductivas y comenzaba a creer que no encontraría una niñera adecuada.

Su ama de llaves, que le había estado ayudando de mala gana con las mellizas, había amenazado con despedirse si no encontraba a alguien que las cuidara.

–Lo siento –dijo Ben–. Supongo que deberíamos haber previsto que esto sucedería, pero creo que te va a gustar la siguiente.

Deseo™

Chispas de pasión

MICHELLE CELMER

Editado por HARLEQUIN IBÉRICA, S.A.
Núñez de Balboa, 56
28001 Madrid

CHISPAS DE PASIÓN, N.º 1849 - 25.4.12
Título original: The Nanny Bombshell
Publicada originalmente por Harlequin Enterprises, Ltd.

I.S.B.N.: 978-84-9010-886-4
Depósito legal: B-4522-2012
Editor responsable: Luis Pugni
Fotomecánica: M.T. Color & Diseño, S.L. Las Rozas (Madrid)
Impresión en Black print CPI (Barcelona)
Fecha impresion para Argentina: 22.10.12
Distribuidor exclusivo para España: LOGISTA
Distribuidor para México: CODIPLYRSA
Distribuidores para Argentina: interior, BERTRAN, S.A.C. Vélez Sársfield, 1950. Cap. Fed./ Buenos Aires y Gran Buenos Aires, VACCARO SÁNCHEZ y Cía, S.A.
Distribuidor para Chile: DISTRIBUIDORA ALFA, S.A.

–¿Está cualificada para el trabajo?

–Más que cualificada –le entregó a Coop el currículo–. La he dejado para el final.

Sierra Evans, de veintiséis años. Había estudiado enfermería y trabajaba de enfermera infantil.

–¿En serio? –preguntó Coop a su abogado.

Éste sonrió y asintió.

–Yo también me he quedado sorprendido.

La mujer estaba soltera, no tenía antecedentes penales; ni siquiera una multa de aparcamiento. Parecía perfecta.

–¿Dónde está el truco?

Ben se encogió de hombros.

–Tal vez no lo haya. ¿Estás listo para conocerla?

Adelante –respondió Coop mientras sentía renacer en él la esperanza.

Ben pidió a la recepcionista, a través del interfono, que dejara pasar a la señorita Evans.

La puerta se abrió y la mujer entró. Coop se percató inmediatamente de que era distinta a las otras. Vestía un uniforme de trabajo y zapatos cómodos. Tenía una altura y un aspecto normales, y no había nada que la hiciera destacar, salvo la cara.

Sus ojos castaños eran tan oscuros que parecían negros y tenían un aire asiático. Tenía una boca grande de labios gruesos y sensuales y, aunque no llevaba maquillaje, no lo necesitaba. Tenía el pelo negro, largo y brillante, recogido en una cola de caballo.

–Disculpen por el uniforme, pero vengo directamente del trabajo –dijo ella con voz ronca.

–No pasa nada –le aseguró Ben–. Siéntese, por favor.

Ella lo hizo y dejó el bolso. Coop la observó en silencio mientras Ben le hacía las preguntas de rigor, a las que ella contestó mirando a Coop de vez en cuando, pero con la atención centrada en Ben. Las otras candidatas habían hecho preguntas a Coop tratando de que interviniera en la conversación. Pero la señorita Evans no trató de flirtear con él ni de insinuársele. Tampoco sonrió de forma deslumbrante ni dijo que estuviera dispuesta a hacer cualquier cosa para conseguir el empleo. De hecho, evitó mirarle a los ojos, como si su presencia le pusiera nerviosa.

–Entenderá que este puesto implica vivir en la casa. Será responsable de las mellizas las veinticuatro horas del día y librará de once de la mañana a cuatro de la tarde los domingos, y un fin de semana al mes de ocho de la mañana del sábado a ocho de la tarde del domingo –dijo Ben.

–Entiendo.

Ben se volvió hacia Coop.

–¿Quieres añadir algo?

–Sí –se dirigió directamente a la señorita Evans–. ¿Por qué quiere dejar su trabajo de enfermera para ser niñera?

–Me encanta trabajar con niños, como es evidente –afirmó con ella con una sonrisa tímida y bonita–. Pero hacerlo en la unidad de cuidados intensivos neonatales es muy estresante y te agota en el plano emocional. Necesito un cambio de ritmo y también tengo que reconocer que me atrae la idea de vivir en el lugar de trabajo.

–¿Por qué?

–Mi padre está enfermo y no se vale por sí mismo, El sueldo que me ofrecen ustedes, y no tener que pagar alquiler, me permitiría ingresarlo en una residencia de lujo.

Él se quedó sin habla durante unos segundos porque era lo último que esperaba oír. No conocía a nadie dispuesto a dedicar una cantidad tan grande de su sueldo a cuidar a un progenitor. Hasta Ben parecía sorprendido.

Coop no encontraba motivo alguno para no contratarla inmediatamente, pero no quería precipitarse. Se trataba de las niñas, no de su propia conveniencia.

–Quiero que se pase por mi casa mañana y conozca a mis sobrinas.

Ella lo miró esperanzada.

–¿Significa eso que tengo el empleo?

–Me gustaría ver cómo se relaciona con las niñas antes de tomar una decisión. Pero, para serle sincero, es usted la candidata mejor cualificada de las que hemos visto hasta ahora.

–Mañana es mi día libre, así que puedo ir a su casa cuando quiera.

–¿Le parece a la una, después de que las niñas hayan comido? Soy novato en eso de cuidarlas, así que tardo bastante en bañarlas, vestirlas y darles de comer.

Ella sonrió.

–Me parece bien.

–Ben le dará la dirección.

Éste se levantó y la señorita Evans lo imitó, agarró el bolso y se lo colgó del hombro.

–Otra cosa, señorita Evans –dijo Coop–. ¿Le gusta el hockey?

Ella vaciló.

–¿Es un requisito necesario para el trabajo?

–Claro que no –contestó él tratando de no sonreír.

–Entonces, no. No me gusta mucho el deporte. Aunque hasta hace poco, mi padre era muy aficionado al hockey.

–Entonces, ¿sabe quién soy?

–¿Hay alguien en Nueva York que no lo sepa?

–¿Puede ser eso un problema?

–No entiendo qué quiere decir.

La confusión de ella hizo que Coop se sintiera idiota por habérselo preguntado. ¿Estaba tan acostumbrado a que las mujeres lo adularan que ya lo esperaba? Tal vez él no fuera su tipo, o tuviera novio.

–No importa.

–Quería decirle que lamento mucho lo de su hermano y su esposa. Sé lo duro que es perder a un ser querido.

A Coop se le hizo un nudo en la garganta. Le había molestado que las demás no se lo hubieran dicho, pero que lo hiciera ella lo incomodó, tal vez porque pareciera que hablaba en serio.

–Gracias –había sufrido ya demasiadas pérdidas. Primero, sus padres cuando tenía doce años y después, Ash y Susan. Quizá fuera el precio que tenía que pagar por la fama y el éxito.

Cuando ella se hubo marchado, Ben le preguntó:

–¿Crees que ésta servirá?

–Está cualificada y parece que necesita el empleo. Si les gusta a las niñas, se lo ofreceré.

–También es agradable a la vista.

–¿Crees que, si encuentro a una niñera que valga la pena, voy a arriesgarme a estropearlo teniendo una relación sentimental con ella?

Bueno, tal vez un mes antes lo hubiera hecho. Pero todo había cambiado.

–Las prefiero rubias –prosiguió.

Además, para él, la prioridad era cuidar de las niñas y educarlas como hubieran querido sus padres. Se lo debía a su hermano ya que, cuando sus padres murieron, Ash sólo tenía dieciocho años, pero dejó su propia vida en suspenso para cuidar a Coop, que, al principio, no le había puesto las cosas fáciles. Se sentía confuso y herido, perdió el control y estuvo a punto de convertirse en un delincuente juvenil. El psicólogo de la escuela le dijo a Ash que su hermano necesitaba dar salida a la ira de forma constructiva y le sugirió que hiciera deporte, por lo que Ash lo apuntó a hockey.

A Coop no le interesaban los deportes, pero se adaptó al juego inmediatamente y pronto superó a sus compañeros de equipo, que llevaban jugando desde que podían sostenerse en unos patines. A los diecinueve años, los Scorpions de Nueva York lo seleccionaron.

Pero una lesión de rodilla, dos años antes, había acabado con su carrera deportiva. Sin embargo, gracias al consejo de su hermano, había invertido de forma inteligente, por lo que tenía una fortuna que nunca pensó en llegar a poseer. Sin Ash, y lo que se había sacrificado por él, no hubiera sido posible. Por eso tenía que saldar su deuda con él, aunque no podía hacerlo sólo por falta de preparación. No sabía cuidar a un niño. ¡Si hasta dos semanas antes no había cambiado un pañal en su vida! Sin la ayuda de su ama de llaves, hubiera estado perdido. Si la señorita Evans era adecuada para el trabajo, no se arriesgaría a estropearlo acostándose con ella.

Era terreno prohibido.

Bajando en el ascensor, Sierra Evans suspiró aliviada. Las cosas habían ido muy bien y estaba segura de que el trabajo sería tan bueno como el que tenía.

Era evidente que Cooper Landon tenía cosas mejores que hacer que cuidar de sus sobrinas. Aunque a ella no le gustaban los chismorreos, su comportamiento y reputación de mujeriego eran inquietantes. No era ése el ambiente ideal en que ella desearía criar a sus hijas.

Sus hijas... Últimamente había vuelto a considerarlas suyas.

Ya que Ash y Susan no estaban, ella las salvaría, las cuidaría y querría. Era lo único que importaba en aquel momento.

Salió a la calle y se dirigió al metro.

Dar en adopción a las mellizas había sido la decisión más difícil de su vida, pero sabía que había sido lo mejor, ya que carecía de recursos económicos, además de tener a su padre enfermo, para cuidarlas. Sabía que Ash y Susan les darían todo lo que ella no hubiera podido.

Un día, viendo en el telediario la noticia de un accidente aéreo, se dio cuenta de que hablaban de ellos. Presa de pánico, fue cambiando de canal en busca de más información, aterrorizada porque las niñas hubieran estado en el avión.

A las siete de la mañana siguiente, se confirmó que las niñas se habían quedado con la familia de Susan. Sierra se echó a llorar de alegría, pero pronto se dio cuenta de la situación. ¿Quién se haría cargo de ellas? ¿Se quedarían con la familia de Susan o vivirían en un orfanato?

Contactó con su abogado inmediatamente y, al cabo de varias llamadas, se enteró de que Cooper sería su tutor. ¿Cómo era posible que Ash lo hubiera elegido? ¿Qué interés podían tener dos bebés para un exjugador de hockey, mujeriego y juerguista?

Pidió a su abogado que hablara con él de parte de ella, sin mencionar su nombre, porque suponía que estaría más que dispuesto a devolvérselas a su madre biológica. Sin embargo, Cooper se había negado.

Luchar por su custodia sería una batalla legal larga y costosa. Pero como sabía que Cooper indudablemente necesitaría ayuda y estaría encantado con alguien con su experiencia, consiguió una entrevista para el puesto de niñera.

Sierra se dirigió a Queens en el metro. Normalmente iba a ver a su padre los miércoles, pero al día siguiente tenía una cita con Cooper.

En la estación tomó un taxi a la residencia de tercera categoría donde su padre llevaba viviendo catorce meses. Saludó a la enfermera de la recepción, que le contestó con un gruñido.

Odiaba que su padre tuviera que estar en aquel horrible lugar, cuyos empleados eran apáticos y dispensaban un trato casi criminal a los ancianos, pero era lo único que el seguro cubría. Su padre había perdido la capacidad de actuar, salvo en lo referente a las funciones corporales más básicas. No hablaba, apenas reaccionaba a los estímulos y se le alimentaba por medio de una sonda. Aunque el corazón le seguía latiendo, era cuestión de tiempo que dejara de hacerlo. Podía ser cuestión de semanas o de meses; no había forma de saberlo. En una buena residencia, estaría bien atendido.

–Hola, Lenny –Sierra saludó al compañero de habitación de su padre, un veterano de guerra de noventa y un años que había perdido el pie derecho y el brazo izquierdo en la batalla de Normandía.

–Hola, Sierra –contestó él alegremente, sentado en una silla de ruedas.

–¿Cómo está mi padre hoy? –le desgarraba el corazón verlo en aquel estado, un espectro de lo que había sido, del padre cariñoso que las había criado a ella y a su hermana Joy sin ayuda de nadie.

–Hoy ha pasado un buen día –dijo Lenny.

–Hola, papá –lo besó en la mejilla y, aunque estaba

despierto, no la reconoció. En los días buenos, estaba tranquilo y dormía o miraba el sol que entraba por las rendijas de la persiana. En los días malos se quejaba, no se sabía si de dolor. Pero esos días lo sedaban.

–¿Cómo está tu hijo? Ya debe tener edad de ir al colegio.

Sierra suspiró. A Lenny le fallaba la memoria. Recordaba que había estado embarazada, pero había olvidado que había dado en adopción a las mellizas, además de confundirla con otra persona que tenía un niño. Y en vez de volvérselo a explicar una y otra vez, le seguía el juego.

–Crece muy deprisa.

Y antes de que Lenny pudiera preguntarle nada más, anunciaron por el intercomunicador que era la hora del bingo.

–Tengo que irme –dijo Lenny–. ¿Quieres que te traiga una galleta?

–No, gracias.

Cuando se hubo marchado, Sierra se sentó en el borde de la cama de su padre y le tomó la mano.

–Hoy me han hecho la entrevista –le dijo, aunque no creía que la entendiera–. Ha ido muy bien y voy a ver a las niñas mañana. Sé que piensas que no debería meterme en esto y confiar en el juicio de Ash y Susan, pero no puedo. Tengo que asegurarme de que las niñas estén bien y, como no puedo hacerlo como su madre, lo haré como su niñera.

Y si eso implicaba sacrificar su libertad y trabajar para Cooper Landon hasta que las niñas dejaran de necesitarla, estaba dispuesta a hacerlo.

Capítulo Dos

A la una y seis minutos del día siguiente, Sierra, muy nerviosa, llamó a la puerta del piso de Cooper. Apenas había dormido esa noche. Aunque sabía que, al firmar los papeles de adopción, renunciaba a volver a ver a sus hijas, había conservado la esperanza, pero no esperaba verlas antes de que fueran adolescentes y hubieran decidido conocer a su madre biológica.

Sin embargo, allí estaba, apenas cinco meses después, a punto de que llegara el gran momento.

Una mujer abrió la puerta. Sierra supuso que sería el ama de llaves, a juzgar por el uniforme que llevaba. Tendría sesenta y muchos años.

–¿Qué desea? –preguntó la mujer con sequedad.

–Tengo una cita con el señor Landon.

–¿Es usted la señorita Evans?

–Sí.

La escudriñó de arriba abajo, hizo un mohín y dijo:

–Soy la señora Densmore, el ama de llaves del señor Landon. Llega usted tarde. Le advierto que, si consigue el trabajo, la falta de puntualidad no se le tolerará.

Sierra no entendió cómo no iba a ser puntual si iba a vivir en la casa, pero no dijo nada.

–No volverá a suceder.

–Sígame.

El frío de recibimiento del ama de llaves no consiguió disminuir la emoción de Sierra. Le temblaban las manos mientras pasaban del vestíbulo a un espacio habitable ultramoderno y abierto. Las mellizas estaban al lado de una fila de ventanales con vistas a Central Park parloteando y dando manotazos a los juguetes.

¡Cómo habían crecido! Y estaban muy cambiadas. Si las hubiera visto en la calle, probablemente no las habría reconocido. Tuvo que morderse los labios para no romper a llorar. Se obligó a no moverse mientras anunciaban su llegada, cuando lo que quería hacer era correr hacia sus hijas y abrazarlas.

–La de la izquierda es Fern –le informó la señora Densmore sin el más mínimo afecto en el tono de voz–. Es la más chillona y exigente. La otra es Ivy, la más tranquila y astuta.

¿Astuta? ¿A los cinco meses? Parecía que a la señora Densmore no le gustaban los niños.

Así que no sólo iba a tener que vérselas con un atleta ególatra y juerguista, sino también con un ama de llaves autoritaria y criticona. ¡Menuda diversión!

–Voy a buscar al señor Landon –dijo la señora Densmore.

Sola por primera vez con las niñas desde su nacimiento, Sierra se arrodilló a su lado.

–Cómo habéis crecido y qué guapas estáis –susurró.

La miraron de forma inquisitiva con los ojos azules muy abiertos. Aunque no eran idénticas, se parecían mucho. Las dos tenían el pelo negro y liso de su madre, así como sus pómulos, pero no presentaban ninguno otro rasgo chino de los que ella había heredado de su bisabuela. Tenían los ojos de su padre y los dedos finos y largos.

Fern soltó un grito y le tendió los brazos. Sierra deseaba abrazarla con todas sus fuerzas, pero no sabía si debía esperar a que llegara Cooper. Con lágrimas en los ojos, agarró la manita de la niña. Las había echado mucho de menos y sintió enormes remordimientos por haberlas abandonado y puesto en aquella situación. Pero no volvería a dejarlas, y se ocuparía de que se criaran bien.

–Quiere que la tome en brazos.

Sierra se giró y vio a Cooper. Estaba descalzo, con la camisa por fuera de los vaqueros y las manos metidas en los bolsillos. Tenía el pelo húmedo y despeinado, como si se lo hubiera secado, pero no peinado. No se podía negar que era atractivo, con los ojos azul claro y los hoyuelos que se le formaban en las mejillas al sonreír. Incluso resultaba atractiva su nariz, ligeramente torcida. Pero los atletas no eran su tipo. Prefería a los estudiosos o a los hombres con una profesión.

–¿Le importa que lo haga?

–Claro que no. De eso se trata en esta entrevista.

Sierra sentó a la niña en su regazo. Fern se fijó en la cadena de oro que le colgaba del cuello e intentó agarrarla, por lo que Sierra se la metió debajo de la blusa.

–Es muy grande.

–Pesa uno siete kilos, creo. Recuerdo que mi cuñada decía que tenían un tamaño normal para su edad. No sé lo que pesaron al nacer. Me parece que hay un cuaderno por algún lado con toda la información.

Habían pesado algo más de tres kilos cada una, pero ella no podía decírselo, ni tampoco que el cuaderno lo había comenzado a escribir ella y se lo había dado a Ash y Susan cuando se llevaron a las niñas. Había escrito en él todo lo referente a su embarazo: la primera patada, la primera ecografía... De ese modo, los padres adoptivos podrían enseñárselo a las niñas cuando crecieran. Y aunque había incluido fotos de las diversas fases del embarazo, en ninguna de ellas se le veía la cara. No había nada que pudiera identificarla.

Ivy comenzó a protestar, probablemente celosa de que toda la atención se le prestara a su hermana. De pronto, Cooper la tomo en brazos y la levantó, la lanzó hacia arriba y la volvió a agarrar.

Al ver la cara de Sierra, se echó a reír.

–No se deje engañar. Es un diablillo.

Se sentó frente a ella y se puso a la niña en el regazo. Fern le tendió los brazos y trató de escapar de los de Sierra. Ella no esperaba que las niñas se hallaran tan a gusto con él, que le demostraran afecto. Y esperaba que él fuera mucho más inepto y carente de interés por ellas.

–¿Trabaja con bebés más pequeños?

–Normalmente con recién nacidos.

–Voy al mercado –dijo la señora Densmore desde la cocina–. ¿Necesita algo? –le preguntó a Cooper.

–Pañales y esos tarros de fruta que les gustan a las niñas. Y también cereales, los de la caja azul. Se están acabando.

El ama de llaves salió por la puerta de servicio. Sierra se preguntó cómo sabría Coop que se estaban quedando sin cereales y por qué se habría molestado en comprobarlo.

–¿Las niñas toman alimentos sólidos?

–Fruta y cereales. Y biberones, claro. Una cantidad sorprendente. Tengo la impresión de que me paso todo el día preparándoselos.

¿Les preparaba los biberones? No podía imaginárselo.

–¿Duermen toda la noche?

–Aún no, aunque van mejorando. Al principio se despertaban continuamente –sonrió a Ivy con afecto y algo de tristeza mientras le retiraba un mechón de pelo de los ojos–. Creo que echan de menos a sus padres. Anoche sólo se despertaron dos veces, y durmieron en la cuna. Muchas veces acaban en mi cama. Reconozco que tengo muchas ganas de dormir de un tirón toda la noche. Y solo.

–¿Duerme con ellas? –preguntó ella tratando de que no se le notara la incredulidad.

–Sí, y le advierto que acaparan toda la cama. No me explico cómo alguien tan pequeño puede ocupar tanto espacio.

La idea de un hombre tan alto y corpulento acurrucado con dos bebés en la cama era adorable.

–¿Con quién creía que dormirían?

–Supuse… ¿No las cuida la señora Densmore?

–De vez en cuando, si tengo trabajo. Tras criar a seis hijos y dos nietos, dice que está harta de cuidar niños.

–¿Siempre es tan…? –buscó una forma de decir «desagradable» que no fuera hiriente, pero Cooper pareció leerle el pensamiento.

–¿Malhumorada? –sonrió y ella tuvo que reconocer que el corazón comenzó a latirle un poco más deprisa. Sonrió a su vez.

–Sé que no ganaría un concurso de simpatía, pero es una buena ama de llaves y una cocinera cojo… Fantástica, quiero decir. A la señora Densmore no le gusta que diga palabrotas, y a veces lo hago para fastidiarla.

–Creo que no le caigo bien.

–No importa lo que ella piense. Quien va a contratarla soy yo. Y resulta que creo que es usted perfecta para este trabajo. Supongo que, puesto que está aquí, sigue interesada.

–Por supuesto. ¿Me ofrece, entonces, el puesto?

–Con una condición. Quiero que me dé su palabra de que se quedará. No se imagina lo difícil que fue la primera semana, después de… –cerró los ojos y suspiró–. Las cosas han comenzado a calmarse y he conseguido establecer una rutina para las niñas. Necesitan hábitos regulares, o eso fue lo que me dijo la asistente social. Lo peor sería que tuvieran que cambiar de niñera cada poco tiempo.

De eso, él no tendría que preocuparse.

–Nos les fallaré.

–¿Está segura? Porque dan mucho trabajo, más del que me podía imaginar. En comparación, el hockey es pan comido. Quiero estar seguro de que se compromete a quedarse.

–Voy a dejar mi piso y a ingresar a mi padre en una residencia que no puedo pagar si no es con este sueldo. Me comprometo a quedarme.

Coop pareció aliviado.

–En ese caso, el puesto es suyo. Y cuanto antes empiece, mejor.

Ella estuvo a punto de echarse a llorar. Abrazó a Fern con fuerza. Sus niñas estarían bien y ella estaría con ellas para cuidarlas. Y tal vez un día, cuando fueran mayores y pudieran entenderlo, les contaría quién era y por qué tuvo que abandonarlas. Tal vez pudiera ser una verdadera madre para ellas.

–¿Señorita Evans? –Cooper la miraba expectante esperando su respuesta.

–Llámeme Sierra. Y puedo empezar inmediatamente, si le parece bien. Sólo necesito un día para hacer la maleta y trasladar mis cosas.

Él pareció sorprendido.

–¿Y tu piso? ¿Y los muebles? ¿No necesitas tiempo para…?

–Voy a subarrendarlo. Una amiga del trabajo se va a quedar con él y con los muebles –eran de su padre, en realidad. Cuando Sierra comenzó a ganar dinero suficiente para alquilar un piso por su cuenta, su padre estaba demasiado enfermo para vivir solo, así que tuvo que quedarse con él. Nunca había tenido piso propio. Y parecía que tardaría mucho en tenerlo.

–Haré la maleta hoy y me mudaré mañana.

–¿Y tu trabajo? ¿No tienes que advertirles con antelación de que lo dejas?

Ella negó con la cabeza.

–Le diré a Ben, mi abogado, que redacte el contrato. Teniendo en cuenta a lo que me dedicaba, habrá normas de confidencialidad.

–Entiendo.

–Y, por supuesto, tu abogado puede verlo antes de que lo firmes.

–Le llamaré hoy mismo.

–Estupendo. Te voy a enseñar la habitación de las niñas y la tuya.

–Muy bien.

Se levantaron del suelo y él, con Ivy en los brazos, guió a Sierra, con Fern en los suyos. La niña parecía muy contenta, a pesar de que Sierra fuera una desconocida. ¿Sería posible que percibiera el vínculo madre hija?

–Ésta es la habitación de las niñas –dijo él indicándole una puerta a la izquierda e invitándola a entrar. Era la más grande y bonita que Sierra había visto en su vida, y había en ella dos cunas blancas, una al lado de la otra, y una mecedora junto a la ventana. Sierra se imaginó abrazando a las niñas mientras les cantaba una canción y las mecía para dormirlas.

–Es preciosa, Cooper.

–Llámame, Coop –dijo él sonriendo–. Sólo mi madre me llamaba Cooper, y lo hacía cuando estaba enfadada. En cuanto a la habitación, no es mérito mío. Se trata de una réplica exacta de la que tenían en casa de sus padres. Creí que les facilitaría el cambio.

De nuevo la volvió a sorprender. Tal vez él no fuera tan egoísta como había supuesto. O tal vez estuviera desempeñando el papel de tío responsable por necesidad, y cuando ella estuviera allí para ocuparse de las niñas él demostraría que su reputación era cierta.

–Tienen su cuarto de baño y su armario –dijo él señalando una puerta cerrada.

Ella la abrió. El armario era enorme. De las barras colgaban prendas suficientes para una docena de bebés: vestidos, jerséis, vaqueros y camisetas, todos de marca y muchos aún con la etiqueta puesta, y todos por duplicado. Sierra nunca hubiera podido comprar tanta ropa. Estaba ordenada por estilo, color y tamaño, escritos en etiquetas adhesivas colocadas en el estante encima de la barra.

Sierra nunca había visto nada igual.

–¡Vaya! ¿Lo has hecho tú?

–No, ha sido cosa de la señora Densmore. Es una fanática del orden.

Para Sierra, por el contrario, el orden no era su fuerte.

–El cuarto de baño está aquí –le indicó él mientras pasaba a su lado y abría otra puerta, dejando un agradable olor a jabón.

Coop olía muy bien y, aunque era una estupidez, estaba aún más atractivo con la niña en brazos. Tal vez fuera que ella siempre había deseado estar con un hombre a quien se le dieran bien los niños, porque en su profesión había visto a muchos que ni siquiera se tomaban la molestia de visitar a sus hijos enfermos. Y también estaban los maltratadores que hacían que sus hijos fueran al hospital.

Pero se dijo que el hecho de que a un hombre se le dieran bien los niños no lo convertía en un buen padre, ni tampoco el que les pusiera una bonita habitación con un enorme armario lleno de ropa y juguetes. Las mellizas tenían que saber que, aunque sus padres ya no estuvieran, había alguien que las quería y se ocupaba de ellas.

Abrazó a Fern y le acarició la espalda. La niña apoyó la cabeza en su hombro con el pulgar metido en la boca.

–Voy a enseñarte tu habitación –dijo él. Ella lo siguió al otro lado del vestíbulo.

Era aún más grande que la de las niñas y además tenía una zona para estar, cerca de la ventana. Con el dormitorio, el vestidor y el cuarto de baño, era más grande que su piso.

Los muebles y la decoración no eran de su gusto. Los colores: blanco, negro y gris, eran demasiado modernos y fríos; y el mobiliario, de acero y cristal, demasiado masculino. Pero se acostumbraría.

–¿Tan mal está?

Sierra lo miró. Tenía el ceño fruncido.

–No he dicho nada.

–No ha hecho falta. No hay más que mirarte a la cara. Lo odias.

–No lo odio.

–Estás mintiendo.

–No es lo que yo hubiera elegido, pero tiene mucho… estilo.

El rió.

–Sigues mintiendo. Te parece horrible,

Ella se mordió los labios para no sonreír, pero lo hizo de todos modos.

–Me acostumbraré.

–Llamaré al decorador. Elige lo que quieras: la pintura, los muebles… Todo.

Ella abrió la boca para decirle que no sería necesario, pero él alzó la mano para detenerla.

–¿Crees que voy a consentir que vivas en una habitación que no te gusta? Éste va a ser tu hogar y quiero que estés cómoda.

Ella se preguntó si siempre sería así de amable o si estaba tan desesperado por conseguir una niñera de fiar que haría lo que fuera para convencerla de que aceptara el empleo.

–Si no te importa, me gustaría añadir algún toque femenino.

–Puedes dormir en la habitación de las niñas hasta que ésta esté acabada o, si quieres más intimidad, hay una cama plegable en mi despacho.

–Me vale la habitación de las niñas –le gustaba la idea de dormir al lado de sus hijas.

Él indicó a Fern con un gesto de la cabeza.

–Creo que deberíamos acostarlas. Es la hora de la siesta.

Sierra miró a la niña y de dio cuenta de que se había quedado dormida. Ivy, con la cabeza apoyada en el hombro enorme de Coop, también parecía soñolienta.

Llevaron a las niñas a su cuarto y las acostaron. Salieron sin hacer ruido y él cerró la puerta.

–¿Cuánto duermen? –preguntó ella.

–Si tienen un buen día, dos horas. Pero esta mañana han dormido hasta las ocho, así que probablemente ahora dormirán algo menos –se detuvo en el vestíbulo y le preguntó–: Antes de llamar a mi abogado, ¿quieres algo de beber? ¿Zumo, tónica, un biberón?

Ella sonrió.

–No, gracias.

–Muy bien. Esta es tu última oportunidad de cambiar de idea con respecto al trabajo.

–No voy a cambiar de idea.

–Estupendo. Vamos a mi despacho a llamar a Ben –dijo Coop con una sonrisa–. Pongamos manos a la obra.

Capítulo Tres

Coop estaba frente a la puerta de la habitación de Sierra y esperaba que no se hubiera acostado. No eran ni las nueve y media, pero ése había sido su primer día cuidando a las niñas, por lo que probablemente estuviera agotada.

Había firmado el contrato la tarde de la segunda entrevista. El día siguiente lo pasó trasladando sus cosas. Él se había ofrecido a contratar una empresa para que le hiciera la mudanza, pero ella le había dicho que ya lo tenía todo organizado y se había presentado con un montón de cajas y dos jóvenes amigos suyos que eran, según le había dicho, camilleros del hospital, y a quienes se les veía emocionados por haber conocido al gran Coop Landon.

Aunque él trató de pagarles por la ayuda, los chicos se negaron, pero le aceptaron una cerveza, que se tomaron charlando con él en la azotea mientras Sierra deshacía el equipaje. Se marcharon con un autógrafo.

Aunque Coop hubiera querido estar el primer día con Sierra y las mellizas, había estado reunido con el equipo de marketing toda la mañana para lanzar una nueva línea de ropa deportiva, y por la tarde había tenido una cita con el dueño de su antiguo equipo. Si todo salía bien, él sería el nuevo dueño, lo cual había sido su sueño desde que había empezado a jugar en él. Durante veintidós años, hasta que la lesión de rodilla lo obligó a jubilarse, había vivido para el hockey. Comprar el equipo era el siguiente paso, y los jugadores estaban de acuerdo.

Después de las reuniones, Coop había cenado con unos amigos por primera vez desde hacía semanas. Y no había disfrutado mucho, a pesar de que estaba deseando volver a ser libre. Se pasó la cena pensando en las mellizas y en cómo les habría ido con Sierra. ¿No había sido un irresponsable al dejarlas con una desconocida? No era que no confiara en Sierra, pero quería estar seguro de hacer lo correcto. Las niñas habían perdido a sus padres y no quería que pensaran que él también las había abandonado.

Cuado el resto del grupo decidió ir a tomar una copa y a bailar, Coop se despidió de sus amigos, que se quedaron sorprendidos; lo normal era que fuera de copas y volviera a casa acompañado. Después de dos semanas de estar con las mellizas constantemente, se había acostumbrado a tenerlas a su alrededor.

Llamó suavemente a la puerta de la habitación de Sierra. Ésta asomó la cabeza, y él vio que ya se había puesto el camisón. Dirigió la mirada automáticamente a sus piernas desnudas. No eran especialmente largas ni esbeltas, por lo que el impulso de acariciarla, de recorrer la parte interna de sus muslos con la mano, por debajo del camisón, lo pilló desprevenido. Tuvo que esforzarse para mirarla a los ojos, oscuros e inquisitivos. Llevaba el pelo suelto, que le caía sobre los hombros, y sintió la necesidad de acariciárselo. En lugar de ello, se metió las manos en los bolsillos del pantalón.

«Puedes mirarla, pero no tocarla», se dijo, y no era la primera vez que lo hacía desde que ella había conocido a las niñas. No se parecía en nada al tipo de mujer que le gustaba. Tal vez fuera eso lo que le resultaba tan atractivo. Era distinta, suponía una novedad.

Quizá contratarla no hubiera sido una buena idea.

–¿Quieres algo? –le preguntó ella, y él se dio cuenta de que estaba allí plantado mirándola.

–Espero no haberte despertado.

–No, aún no me había acostado.

–Sólo quería saber cómo había ido todo.

–Muy bien. Necesitaré un tiempo para establecer una rutina.

–Siento no haber estado para ayudarte.

Ella pareció confusa.

–No esperaba que me fueras a ayudar.

Coop le miró el escote. No tenía grandes senos, pero tampoco eran pequeños. ¿Por qué no podía dejar de mirarlos?

Ella se dio cuenta, pero no hizo nada para cubrirse. ¿Y por qué habría de hacerlo? Estaba en su habitación. Él era el intruso. Y además, estaba haciendo el ridículo.

–¿Algo más?

Él se obligó a mirarla de nuevo a la cara.

–Quería que habláramos un poco de las niñas.

No hemos tenido la oportunidad de hacerlo y puede que tengas algunas preguntas.

Ella vaciló y él pensó que se iba a negar, pero aceptó.

–De acuerdo, dame un minuto.

Ella cerró la puerta y Coop fue a la cocina mientras mentalmente se daba de bofetadas. Se estaba comportando como si nunca hubiera visto a una mujer atractiva. Tenía que dejar de comérsela con los ojos porque ella iba a pensar que era un pervertido. Lo último que deseaba era que no se sintiera a gusto en su casa.

Sacó dos copas y las puso en la encimera central. Sierra entró mientras servía el vino. Se había puesto unos *leggings* negros y una camiseta amarilla. Contra su voluntad, volvió a mirarle las piernas. Solía salir con mujeres muy delgadas, algunas de ellas modelos, pero no porque prefiriera ese tipo de mujer, sino porque era el que revoloteaba a su alrededor. Sierra no estaba gorda, simplemente tenía un aspecto... saludable

Se recordó rápidamente que daba igual su aspecto, porque era terreno prohibido.

–Siéntate –dijo Coop, y ella lo hizo en un taburete frente a él, que le dio una de las copas–. Espero que te guste el vino blanco.

Ella vaciló y frunció el ceño de forma adorable.

–Tal vez no debiera.

Él metió la botella en la nevera para evitar que Sierra creyera que trataba de emborracharla para aprovecharse de ella.

–Sólo una copa –afirmó él–. A no ser que no bebas.

–Sí, bebo, pero no me parece que sea buena idea, me preocupa que una de las niñas se despierte. Prefiero estar en plena posesión de mis facultades.

–Si las mellizas fueran tus hijas y quisieras relajarte tras un día duro, ¿te parecería bien tomarte una copa de vino?

–Sí.

–Entonces, deja de preocuparte de lo que piense y disfrútala.

Ella la agarró.

–Un brindis por tu primer día –dijo él–. Háblame de ti.

–Creí que íbamos a hablar de las niñas.

–Lo haremos, pero antes quiero que me cuentes algo sobre ti.

–Ya has leído mi currículo.

–Sí, pero me gustaría saber más de ti como persona. Por ejemplo, ¿por qué decidiste ser enfermera?

–Por mi madre.

–¿Ella lo era?

–No, era ama de casa, pero tuvo cáncer de mama cuando yo era una niña. Las enfermeras se portaron tan bien con ella, con mi padre, con mi hermana y conmigo, que fue entonces cuando decidí que era eso lo que quería hacer.

–¿Murió?

Sí, cuando tenía catorce años.

–Es una mala edad para que una chica pierda a su madre.

–Creo que fue más duro para mi hermana, que sólo tenía diez años.

Él rodeó la encimera y se sentó en un taburete que había a su lado.

¿Hay alguna edad que sea buena para perder a uno de tus padres? Mis padres murieron cuando tenía doce años, y fue muy duro para mí.

–Mi hermana era un ser dulce y feliz, pero se convirtió en una niña malhumorada y amargada.

–Yo sentía tanta rabia que pasé de ser un niño bastante bueno a convertirme en el matón de la clase.

–No es raro que, en una situación así, un niño se desahogue con otro menor y más débil. Probablemente te diera una sensación de poder en una situación en que no podías hacer nada.

–Pero es que yo me metía con chicos mayores que yo. Como era muy grande para mi edad, me peleaba con otros de más edad. Y, aunque un par de veces recibí una buena paliza, en general, ganaba. Y, sí, me sentía poderoso, me parecía que era lo único que controlaba.

–Mi hermana no se dedicó a pelearse, pero tomó drogas durante un tiempo. Por suerte, salió de aquello, pero no pudo soportar que mi padre enfermara. A los dieciocho años se fue a Los Ángeles. Es actriz, o trata de serlo. Ha hecho un par de anuncios y trabajado de extra en el cine. Básicamente, es camarera.

–¿Qué le pasa a tu padre?

–Tiene alzhéimer. Está en la fase final.

–¿Cuántos años tiene?

–Cincuenta.

–Vaya, es muy joven para tener alzhéimer.

Ella asintió.

–No es habitual, pero a veces sucede. Comenzó a mostrar síntomas a los cuarenta y siete, y la enfermedad avanzó muy deprisa. Lo medicaron de diversas formas, pero nada funcionó. No creo que pase de este año.

–Lo siento.

Ella se encogió de hombros y bajó los ojos.

–La verdad es que murió hace meses, al menos en lo que realmente importa. Sólo es un cuerpo que sigue funcionando. Y sé que odia vivir así.

Parecía tan triste que él tuvo deseos de abrazarla o hacer algo que la consolara, pero no le pareció adecuado. Así que lo único que le quedaban eran las palabras y las experiencias compartidas, ya que sabía lo doloroso y traumático que era perder a un progenitor.

–Cuando mis padres tuvieron el accidente de coche, él murió en el acto, pero ella sobrevivió y quedó en coma, pero con muerte cerebral. Mi hermano, Ash, que tenía dieciocho años, tuvo que tomar la decisión de dejarla morir.

–¡Qué terrible!

–Yo era demasiado joven para entender verdaderamente lo que había sucedido, y pensé que mi hermano lo había hecho porque estaba enfadado con ella o porque no la quería. Sólo cuando crecí, entendí que no había esperanza.

–He firmado un documento de muerte digna

para mi padre. Me resultó muy difícil, pero sé que es lo que él quiere. En mi trabajo he visto a padres teniendo que tomar decisiones imposibles. Se me desgarraba el corazón.

–Entiendo que en un trabajo así acabaras quemada.

–No me malinterpretes. Me encanta ser enfermera y saber que ayudo a los demás. Pero te agota emocionalmente.

–¿Crees que lo echarás de menos?

Ella sonrió.

–Me parece que el cuidado de las mellizas no me va a dejar tiempo.

Él esperaba que fuera así. Tal vez no había sido buena idea que librara tan pocas horas. Sabía por experiencia propia lo duro que era cuidar de las mellizas las veinticuatro horas del día. Unas cuantas horas los domingos y un fin de semana al mes no era mucho tiempo libre.

–¿No crees que será demasiado?

–¿Cuidar de las niñas?

–Al aceptar este empleo, abandonas tus relaciones sociales.

–Lo hice cuando mi padre enfermó y no pudo cuidar de sí mismo. No podía estar solo, así que tenía una persona que lo cuidaba mientras yo estaba trabajando y, cuando volvía a casa, me ocupaba yo de él.

–¿Esa persona iba todos los días? Sería caro.

–En efecto. Los ahorros de mi padre se esfumaron en unos meses, pero no quería que fuese a una residencia y estuvo conmigo hasta que fue posible. Pero, al final, ya no podía atenderle como era debido.

–¿Cuándo salías a divertirte?

–Siempre he sido muy hogareña.

–¿No tienes novio?

El ceño fruncido de Sierra le indicó que había tocado un tema delicado. Y, además, no era un asunto de su incumbencia.

–Me dirás que no me meta donde no me llaman.

–No importa. Las cosas ahora mismo son un poco complicadas. No me siento emocionalmente capacitada para tener una relación, aunque para alguien como tú sea difícil de entender.

–¿Alguien sin ningún tipo de moralidad?

Ella lo miró con los ojos muy abiertos.

–No, me refería a…

–No pasa nada –respondió él riéndose–. Hace unos meses, probablemente no lo hubiera entendido.

Salir con mujeres y con amigos formaba una parte tan intrínseca de su personalidad que no hubiera comprendido la idea de llevar una vida tranquila y sin sobresaltos. Desde la pérdida de su hermano, su actitud y su comprensión de lo que era importante de verdad habían cambiado.

–Las prioridades cambian –afirmó.

Ella asintió.

–Así es. Se ven las cosas de cierta forma y, de pronto, uno se da cuenta de que no es eso lo que quiere.

–Te entiendo perfectamente.

–Las quieres mucho.

–¿A las mellizas? –él sonrió–. Sí. ¿Cómo no voy a hacerlo? No entraba en mis planes, pero quiero lo mejor para ellas. Se lo debo a Ash. Se sacrificó mucho para criarme. Tuvo que aplazar sus estudios en la universidad y trabajar en dos sitios, y te aseguro que yo era un niño muy difícil. Hay quien cree que, como las mellizas no eran hijas biológicas de Ash, no tengo ninguna responsabilidad hacia ellas. Incluso la madre lo piensa.

–¿A qué te refieres?

–Su abogado se puso en contacto con el mío. Parece ser que ella vio en el telediario que Ash y Susan habían muerto y quería que les devolvieran a las niñas. Supongo que creyó que no serviría para padre.

–¿Y no te lo pensaste?

–En ningún momento. E incluso aunque hubiera creído que no estaba capacitado para ocuparme de las niñas, ¿por qué iba a dárselas a alguien que no las había querido desde el principio?

Ella volvió a fruncir el ceño.

–Tal vez ella las quisiera, pero no pudiera quedarse con ellas. Tal vez creyera que lo mejor para las niñas era darlas en adopción.

–¿Y eso cambió en cuestión de cinco meses? ¿Cree esa mujer que puede ofrecerles más que yo? Conmigo nunca les faltará de nada. Tendrán todo lo mejor. ¿Podría ella hacer lo mismo?

–¿Así que supones que, como no es rica, no sería una buena madre? –preguntó ella en tono cortante.

–La verdad es que no sé por qué las dio en adopción, pero no importa. Mi hermano las adoptó y las quería como si fuera de su propia sangre, y deseaba que las educara yo. Cumplo con sus deseos.

–Perdóname, no quería ser tan brusca, pero es que, por mi trabajo, he conocido a muchas madres jóvenes a quienes han juzgado mal. Es una reacción espontánea defenderlas.

–Por no mencionar que sin duda conoces mi reputación y dudas de mi capacidad para educar adecuadamente a las niñas.

Ella negó con la cabeza.

–No he dicho...

–No ha hecho falta –era increíble la cantidad de gente que no creía que sería un buen padre.

Pues les demostraría que estaban equivocados.

–Como ya te he dicho –dijo con voz firme– las prioridades cambian. Para mí, las niñas son los primero, y siempre será así.

Capítulo Cuatro

A Sierra le resultaba difícil creer lo insolente que había sido con Coop la noche anterior.

Revivió la conversación mentalmente mientras preparaba a las niñas para que durmieran la siesta.

Se había enfrentado a su jefe, lo cual no era muy acertado. ¿Intentaba que la despidiera? O, aún peor, ¿trataba de darle motivos para que dudara que sólo era la niñera de las mellizas? Pero todo aquello de que había cambiado de prioridades la había irritado. Además, no se lo había creído, sobre todo, después de comprobar cómo se la comía con los ojos cuando le había abierto la puerta del dormitorio en camisón. Y si Coop creía que a ella le podía interesar un hombre como él, más le valía que dejara de soñar.

Aunque no podía negar que le había resultado levemente excitante. Y en honor a la verdad, Coop parecía alterado, como si supiera que estaba mal lo que hacía, pero no pudiera evitarlo, lo cual lo definía muy bien: trataría de cambiar, de ser un buen padre, pero no lo conseguiría por ser la clase de hombre que era.

Hacía mucho tiempo que nadie la miraba con intención sexual, y cualquier mujer se sentiría al menos un poco especial si se fijaba en ella un hombre guapo y rico, famoso por salir con actrices y modelos. Pero no se olvidaba de que era un mujeriego ni de que ella era una de los cientos de mujeres a las que había mirado del mismo modo.

Dejó a Fern en la cuna y fue a agarrar a Ivy, pero ésta se había arrastrado hasta el otro lado de la habitación.

–Ven aquí –dijo mientras la tomaba en brazos y le mordisqueaba el cuello. Era la más tranquila de las dos, aunque Sierra creía que, si se la dejaba a su aire, tendría problemas. Se parecía más a ella en tanto que Fern había salido a su padre.

Sierra oyó la voz profunda de Coop que provenía de su despacho.

Hablaba por teléfono. Ese día estaba trabajando desde casa, o eso era lo que le había dicho. Pero ella no sabía en que consistía ese supuesto «trabajo». ¿En sacar brillo a sus diversos trofeos? ¿En conceder entrevistas?

Aparte de regodearse en su fama, Sierra no estaba segura de en qué empleaba el tiempo.

Metió a Ivy en la cuna, besó a las niñas, y, al salir de la habitación, tropezó con Coop, que iba a entrar. Alzó instintivamente las manos para evitar el choque y acabó con ellas apoyadas en el fuerte pecho masculino, al tiempo que aspiraba el cálido y limpio aroma que emanaba de su piel. Y aunque era completamente irracional, se apoderó de ella el deseo de ponerle las manos en el cuello y abrazarlo.

Se apartó de él tan deprisa que la cabeza le chocó contra el marco de la puerta.

–¿Estás bien? –le preguntó él.

Ella hizo un gesto de dolor y se frotó la cabeza.

–Sí.

–¿Estás segura? Te has dado un buen golpe –le puso la enorme mano en la nunca, pero la tocó con delicadeza por debajo de la cola de caballo mientras buscaba una posible lesión–. No parece que te hayas hecho un chichón.

Ella experimentó una agradable sensación.

¿Agradable? Aquello era una locura. Como sabía la clase de hombre que era, sus caricias hubieran debido causarle repulsión.

Se apartó de la mano de él.

–Estoy bien, de verdad. Es que me has dado un susto.

Él frunció el ceño y se metió la mano en el bolsillo, como si se hubiera percatado de que no era correcto lo que había hecho. O tal vez le hubiera gustado tanto como a ella.

–Lo siento. ¿Dónde están las niñas?

–Acabo de acostarlas.

–¿Por qué no me lo has dicho? Me hubiera gustado darles un beso.

–Me pareció que estabas hablando por teléfono y no he querido molestarte.

–Pues la próxima vez dímelo –dijo él irritado–. Si estoy aquí, las niñas son lo primero.

–De acuerdo. Aún están despiertas, si quieres verlas.

La expresión de él se suavizó.

–Sólo un momento.

Entró en la habitación y Sierra fue a la cocina. Coop se tomaba muy en serio lo de estar con las niñas. Pero ¿por cuánto tiempo? Probablemente fuera una novedad para él lo de hacer el papel de tío dedicado, pero estaba segura de que no tardaría en recaer en sus antiguas costumbres y dejaría de tener tiempo para darles un beso de despedida.

–¿Qué es esto? –le preguntó con insolencia la señora Densmore mientras sostenía los biberones vacíos.

–Los biberones.

El ama de llaves le lanzó una mirada asesina.

–¿Y por qué están en la encimera y no en el lavaplatos?

–Porque todavía no los he metido.

–Todo lo que se use en la cocina hay que meterlo en el lavaplatos o lavarlo a mano. Y todo lo que usted o las niñas ensucien tiene que limpiarlo.

–Ya lo sé –era la tercera vez que la señora Densmore la sermoneaba–. Iba a limpiar después de acostar a las niñas. Cuidarlas es lo primero.

–También he visto que hay una cesta de ropa sucia de usted en el lavadero. Quiero recordarle que tiene que encargarse de lavar sus cosas: la ropa, las toallas y las sábanas. Trabajo para el señor Landon y para nadie más. ¿Está claro?

Sierra apretó los dientes.

–Como la lavadora estaba funcionando, he dejado ahí la ropa hasta que termine.

Sierra no había hecho nada que pudiera ofender al ama de llaves, por lo que no entendía por qué estaba de mal humor.

–Como le he dicho muchas veces al señor Landon, acepté este empleo porque no había niños ni niñeras. No me pida que cuide de las mellizas. Son responsabilidad suya.

Como si Sierra quisiera que las niñas se acercaran a aquella bruja.

–Lo sé perfectamente, gracias.

La señora Densmore le dio los biberones y con la cabeza muy alta se dirigió al lavadero, que estaba detrás de la cocina. Y aunque era mezquino e inmaduro, Sierra hizo un gesto obsceno a sus espaldas.

–Eso no es propio de una señorita.

Ella se dio la vuelta y vio que Coop la observaba con una sonrisa irónica.

–Me alegro de que las niñas no lo hayan visto –añadió.

Ella se mordió el labio inferior y escondió las manos tras la espalda.

–Lo siento.

Coop se echó a reír.

–Es broma. Yo hubiera hecho lo mismo. Y tienes razón, las niñas son lo primero. El lavaplatos puede esperar.

–No sé por qué le caigo tan mal. Tendría que estar contenta de tenerme aquí, ya que no tiene que cuidar a las niñas.

–Hablaré con ella.

–Tal vez no debieras hacerlo. No quiero que crea que me he chivado, lo cual empeoraría las cosas.

–No te preocupes, ya me encargo yo.

Coop fue al lavadero y cerró la puerta. Aunque

Sierra estuvo tentada de apoyar la oreja en ella para escuchar lo que decía, decidió que era mejor meter los biberones en el lavaplatos. Él volvió al cabo de unos minutos con una sonrisa de satisfacción.

–No volverá a meterse contigo. Si me necesitas, estaré en el despacho.

Lo que le hubiera dicho a la señora Densmore había funcionado. Al cabo de unos minutos salió del lavadero, roja de vergüenza o de ira, y no le dirigió la palabra ni la miró. Y así siguió hasta la hora de la cena, en la que sirvió un guiso mejicano tan delicioso que Sierra repitió.

Se había sorprendido cuando Coop la invitó a cenar con él en el comedor, pues había supuesto que la trataría como a cualquier otra empleada y que comería en la cocina con las niñas. Porque seguro que él no quería que dos bebés le molestaran durante la comida. Pero Coop había insistido. Así que ella se sentó en un extremo de la mesa con Ivy en su silla alta y él lo hizo en el otro con Fern, a la que iba dando de comer al mismo tiempo que él comía. Cuando la niña comenzó a negarse a comer más, Sierra se ofreció a hacerse cargo de ella, pero él se negó, le limpió la cara y se la sentó en el regazo mientras terminaba de comer.

Después de cenar, él encendió la televisión en el salón, se tumbó en el suelo y estuvo jugando con las niñas mientras ella, sentada en el sofá, se sentía excluida.

Era evidente que las niñas lo adoraban, lo cual la asustaba mucho. Y no porque pensara que le fueran a querer más que a ella, sino porque creía que él se aburriría y se cansaría de hacer de padre. Todavía no se había recuperado del impacto de la muerte de su hermano, pero eso pasaría y volvería a salir de juerga y a perseguir a las mujeres. Y cuando lo hiciera, ella estaría allí para ofrecer a las niñas la estabilidad que necesitaban. Ella sería la persona en quien podrían confiar.

A la hora de acostarlas, Coop la ayudó a ponerles el pijama. Les dio un beso de despedida y las metieron en las cunas.

Al salir, Sierra agarró la ropa sucia y apagó la luz.

–Voy a meterla en la lavadora.

–No tienes que lavar la ropa de las niñas. Déjasela a la señora Densmore.

–No me importa. También quiero lavar algunas cosas mías, a no ser que prefieras que lave la ropa de las niñas por separado.

Él la miró confuso.

–¿Por qué iba a preferirlo?

–Hay personas muy quisquillosas con las forma de lavar la ropa de sus hijos.

–Pues yo no lo soy.

Sierra metió la ropa en la lavadora y observó que el lavadero estaba escrupulosamente limpio por obra de la señora Densmore. No había ni una mota de polvo, como tampoco la había en la casa.

Abrió el armario para sacar el detergente y el suavizante, los echó en la lavadora y la puso. Al guardarlos, dejó los envases mal colocados a propósito mientras sonreía.

Al salir vio que Coop estaba sentado en un taburete junto a la encimera central con dos copas de vino tinto. Le acercó el otro taburete con el pie.

–Ven a relajarte. Esta noche me apetecía tinto. Espero que te guste.

Sierra había supuesto que lo de tomar vino juntos no volvería a repetirse.

–No tienes que ofrecerme vino todas las noches.

–Ya lo sé.

No estaba segura de que le gustara la idea de que aquello se convirtiera en una costumbre. Y no porque le importara relajarse tomándose una copa de vino al final del día. Lo que la ponía un poco nerviosa era la compañía, sobre todo cuando él estaba sentado tan cerca. La noche anterior había pensado que se abalanzaría sobre ella, cosa que no había hecho, desde luego. Se había portado como un perfecto caballero.

–¿Nos sentamos en el salón? –propuso ella.

–Claro.

Lo que ella preferiría sería llevarse la copa a su habitación y acurrucarse en la cama a leer una novela de misterio, pero no quería ser grosera.

Él se sentó en una silla al lado de la ventana y Sierra lo hizo en una esquina del sofá. Él estaba a unos metros de ella. Entonces, ¿por qué se palpaba la tensión en el ambiente? ¿Y por qué no podía dejar de mirarlo?

Coop bebió un sorbo de vino y se apoyó la copa en el estómago, tan fuerte y perfecto como el resto de su cuerpo, sosteniéndola con las manos.

–¿Qué te parece el vino?

Ella dio un sorbo. No entendía de vinos, pero le gustó mucho.

–Me gusta. Parece caro.

–Lo es. Pero ¿qué sentido tiene poseer mucho dinero si no puedo disfrutar de lo mejor? Lo que me recuerda que hoy he hablado con el decorador. Tiene otro proyecto entre manos, por lo que no podrá verte hasta dentro de tres semanas. Si te parece que es demasiado tarde, puedo buscar a otra persona.

–No tengo prisa.

–¿Estás segura?

–Segurísima, pero gracias por querer que me sienta cómoda –aunque la realidad era que no pisaba su habitación salvo para dormir.

–Quería haberte preguntado ayer por tu padre. Dijiste que lo ibas a cambiar de residencia.

–El sábado por la mañana, una ambulancia lo llevará a la nueva.

–¿Tienes que estar allí?

Aunque tuviera que hacerlo, debía estar con las niñas.

–Está en buenas manos. Iré a verlo el domingo, en mi tiempo libre.

–No tienes que esperar a que sea domingo para verlo. Puedes hacerlo cuando quieras. No me importa que te lleves a las niñas.

–Pero va a estar en Jersey. No tengo coche y llevarlas en tren o en autobús puede ser una pesadilla.

–Usa mi coche.

–No puedo. No sé conducir.

–¿No has aprendido?

–Siempre he vivido en la ciudad y no lo he necesitado. Y teniendo en cuenta el precio de la gasolina, lo más sensato es utilizar el transporte público.

–Entonces, ¿quieres que te lleve? Podríamos ir el sábado, cuando lo trasladen.

¿Qué? ¿Por qué querría dedicar parte de su tiempo a llevarla a Jersey? Seguro que tenía cosas mejores que hacer.

–No es necesario.

–Quiero hacerlo.

Ella no supo qué decir. ¿Por qué era tan amable? ¿Qué más le daba que viera o no a su padre? Era su jefe, no un amigo.

–Me estás mirando de forma muy extraña –prosiguió él–. O no estás acostumbrada a que la gente sea amable contigo o te estás preguntando cuáles son mis motivos.

Las dos cosas, y era espeluznante la forma en que siempre sabía lo que ella pensaba.

–Seguro que tienes otras cosas que...

–No, no tengo nada que hacer este fin de semana –hizo una pausa y añadió–: Y que conste que no tengo motivos ocultos.

A ella le resultó difícil creerlo.

–¿Estás seguro de que no es una molestia?

–Totalmente. Y estoy convencido de que a las niñas les gustará salir de casa.

Era evidente que Coop no iba a aceptar una negativa, y ella quería estar con su padre cuando lo trasladaran.

–Llamaré mañana a la residencia para que me digan a qué hora llegará la ambulancia. Podríamos llegar media hora antes y seguirla hasta la nueva residencia.

–Dímelo cuando lo sepas para estar preparado.

–Gracias.

Él entrecerró los ojos.

–Sigues preguntándote por qué lo hago. Parece que tienes ideas preconcebidas sobre mi forma de ser.

Ella no podía negarlo. A él le sorprendería saber lo mucho que sabía de su vida. La verdad, no los rumores y conjeturas. Pero no podía decírselo.

–Aunque no te lo creas, soy un tipo bastante decente. Y bailo mejor que la media de la población.

–Tengo un problema de confianza –afirmó ella.

–Supongo que necesitas tiempo para aceptar que no soy un mal tipo.

Sierra no entendía por qué le preocupaba lo que pensara de él. ¿Era tan agradable con todos los empleados? Claro que sólo llevaba trabajando allí dos días, pero no le había visto ofrecer una copa de vino a la señora Densmore ni prestarse a llevarla a algún sitio. Estaba convencida de que tenía que ver con el hecho de que ella era joven y a que la mayoría de los hombres la consideraba atractiva, pero no una belleza ni el tipo de mujer con que él solía salir.

Pero si creía que por mostrarse amable iba a acostarse con él, que por ser rico y famoso y más guapo que la media se le iba a caer la baba por él, estaba muy equivocado.

Capítulo Cinco

Sierra estaba en la nueva habitación de su padre reprimiendo el instinto natural de ayudar al personal de la ambulancia y de la residencia a trasladar a su padre de la camilla a la cama donde probablemente pasaría el resto de la vida. Al menos allí los empleados eran amables y eficientes y podría estar tranquila sabiendo que su progenitor estaría bien atendido. Por desgracia, la ambulancia había llegado una hora tarde y el papeleo había sido interminable.

Coop se había ocupado de las mellizas demostrando una paciencia increíble, pero se le debía estar acabando. Estaba sentado con ellas en la sala de espera y, aunque ella les había dado de comer en el coche, hacía más de hora y media que tenían que estar durmiendo la siesta. Le estaba agradecida por haber podido asistir al traslado de su padre, pero se sentía culpable por hacerlo esperar.

Cuando su padre estuvo en la cama, todos salieron de la habitación. Una enfermera le apretó el brazo a Sierra y le sonrió.

–No se preocupe porque estará muy bien atendido.

Sierra se acercó a la cama.

–No puedo quedarme, papá, pero volveré mañana, te lo prometo.

Lo besó en la mejilla sintiéndose culpable por tener que marcharse tan deprisa y se dirigió a donde Coop y las niñas la esperaban. Al verlo, nadie hubiera pensado que era un famoso multimillonario. Parecía un tipo normal, vestido con vaqueros, una camiseta y unas playeras gastadas, y totalmente tranquilo paseando con una melliza en cada brazo. Aunque la mayoría de los tipos normales no tenían el físico de un Adonis.

Sierra mentiría si negara que era adorable verlo con las niñas así. Para alguien que había tenido que ser padre de repente, lo estaba haciendo increíblemente bien. En los cinco días que llevaba trabajando para él, no había dado muestras de ser un mujeriego ni un juerguista. Entonces, ¿por qué seguía creyendo que acabaría abandonando a las niñas?

–Siento haber tardado tanto –dijo mientras agarraba a Ivy.

–No importa. ¿Ya se ha instalado tu padre?

–Sí, por fin. Vámonos. Hace mucho que debieran estar durmiendo la siesta.

–¿No quieres quedarte para estar con él un poco más?

Ella había pensado que Coop estaría harto de la lata que le estaban dando las niñas y deseando volver a casa. Pero en ningún momento se había quejado. Y aunque a ella le hubiera gustado quedarse un poco más con su padre, no quería hacer perder a Coop más tiempo.

–Volveré mañana –respondió mientras agarraba el bolso con los pañales y se lo ponía en el hombro.

Coop agarró el cochecito.

Salieron del edificio y se dirigieron al aparcamiento. Pusieron el cinturón de seguridad a las niñas y, cinco minutos después, ambas estaban dormidas.

–¿Dónde vamos? –preguntó Coop.

–Supongo que a casa.

–Pero hace una preciosa tarde de verano. Deberíamos hacer algo. No sé tú, pero yo tengo hambre. ¿Por qué no comemos algo?

–Las niñas se acaban de dormir. Si las despertamos para llevarlas a un restaurante, la experiencia no será muy agradable.

–Bien pensado.

–Además, ¿no tienes que ir a casa? Es sábado. Tendrás planes.

–No, no tengo planes para esta noche.

Tampoco había salido la noche anterior. Los cuatro habían cenado juntos y, después, él había jugado con las niñas hasta la hora de acostarlas. Sierra pensó que entonces saldría, pero Coop la esperaba en el salón con dos copas de vino. Y aunque ella pensaba leer un rato antes de acostarse, le pareció una grosería rechazar el ofrecimiento.

Se dijo que se tomaría la copa rápidamente y que se acostaría antes de las nueve y media. Pero a la primera copa siguió otra, y comenzaron a hablar de los días en que él jugaba al hockey, un tema que le pareció muy interesante, y sin darse cuenta, les dieron las doce de la noche. Aunque él seguía poniéndola un poco nerviosa, y la idea de que fueran amigos la incomodaba levemente, era tan sociable y encantador que no podía evitar que le gustara.

–Al venir hemos pasado por una delicatessen y un parquecito –dijo él–. Podemos comprar unos sándwiches, tomarlos en el coche y después dar un paseo en el coche mientras las niñas duermen.

No era mala idea. Si llevaban a las niñas a casa, en cuanto las sacaran del coche se despertarían, por lo que dejarían de dormir una hora como mínimo y estarían irritables el resto del día. Pero la idea de pasar tanto tiempo en un espacio cerrado con Coop la ponía nerviosa. No pensaba que fuera a comportarse de forma inadecuada. Si hubiera querido intentar algo, ya lo habría hecho, y salvo comérsela con los ojos aquella noche en que ella estaba en camisón, su conducta había sido la de un perfecto caballero.

Aunque carecía de lógica, Coop la atraía, y era evidente que el sentimiento era mutuo. El aire se cargaba de electricidad cuando estaba cerca de ella y se producía una pequeña descarga de energía cuando se tocaban, aunque fuera un inocente roce de los dedos al darle un frasco de comida infantil. Y a pesar de que no tenía la más mínima intención de ampliar la dinámica de la relación para que acabaran intimando, no podía quitarse de la cabeza que había algo inmoral en aquello.

Pero ¿qué demonios? Sólo se trataba de un sándwich. Y era lo mejor para las niñas.

–No me vendría mal comer algo.

–Estupendo –le lanzó una de sus adorables sonrisas y a Sierra se le aceleró el corazón.

Aunque se ofreció a entrar ella en la tienda mientras él la esperaba con las niñas, él insistió en ir y se negó a aceptar el dinero que trató de darle.

–No tienes que pagarme la comida –dijo ella.

Si estuviéramos en casa, la comida la habría pagado yo, así que, ¿dónde está la diferencia?

Era difícil rebatir semejante argumento. Además, antes de que ella pudiera decir algo, Coop ya se había bajado del coche.

Volvió al cabo de cinco minutos con un sándwich para cada uno, una ensalada de col, una bolsa de patatas fritas, una botella de agua y dos tónicas. Fueron al parque y aparcaron a la sombra de un árbol.

Pusieron la comida en el salpicadero y comenzaron a comer.

–¿Te puedo hacer una pregunta? –dijo ella.

–Desde luego.

–Además de ser un personaje famoso, ¿a qué te dedicas? Quiero decir para ganarte la vida.

Su pregunta pareció resultarle graciosa.

–Trabajo mucho. Tengo una marca de ropa deportiva que estoy a punto de lanzar y, hace unos años, inauguré una cadena de centros deportivos que ha tenido éxito. Abriremos seis más en enero.

–¿Qué clase de centros?

–Pistas de patinaje sobre hielo y campos deportivos cubiertos. El deporte infantil es un buen negocio en la actualidad. Además, tengo varias residencias veraniegas por todo el mundo.

Sierra pensó que su teoría de que Coop se dedicaba a vivir de las rentas de su fama se había venido abajo. Parecía que estaba muy ocupado.

–¿Dónde están las residencias?

Él mencionó varias ciudades y describió cómo eran las viviendas. La lista era impresionante. Era evidente que se trataba de un hábil hombre de negocios.

–No sabía que el alquiler de residencias veraniegas fuera un mercado tan potente.

–La mayoría de la gente no puede comprar una casa para usarla sólo un par de veces al año, así que la alquilan. Es mucho más barato y, además, se puede cambiar de ciudad o de país.

Ella metió la mano por tercera vez en la bolsa de patatas.

–Parece que tenías hambre –se burló Coop.

–Ten cuidado con lo que dices o conseguirás que me sienta acomplejada.

–¿Lo dices en serio? Me parece estupendo que comas como un ser humano. Algunas mujeres, cuando las llevo a los mejores restaurantes de la ciudad, piden una ensalada y agua con gas o, peor aún, piden un menú caro y apenas lo prueban.

–¿Por qué sales siempre con mujeres delgadas?

–Porque son el tipo de mujeres que salen con la personas que me rodean.

–¿Has tenido alguna vez que esforzarte para que una mujer te concediera una cita?

Él reflexionó durante unos segundos y negó con la cabeza.

–No, nunca.

–¿En serio? ¿Ni una sola vez? ¿Ni siquiera en la escuela secundaria?

–Cuando comenzó a interesarme el sexo femenino ya era la estrella del equipo. Las mujeres me perseguían.

–Vaya.

–No es culpa de ellas. Mírame. Soy guapo, rico y un deportista famoso. Soy irresistible ¿Qué mujer no me desearía?

Sierra no supo si hablaba en serio. ¿Podía ser así de arrogante?

–Yo no lo haría.

–Ya lo haces. Finges lo contrario, pero me he dado cuenta.

–Creo que te han golpeado en la cabeza tantas veces con un palo de hockey que no sabes lo que dices: no te deseo. Ni siquiera eres mi tipo.

–Pero eso es lo emocionante del asunto. Sabes que no debería gustarte, que no es correcto porque trabajas para mí, pero no puedes dejar de pensar en mí.

¿Cómo lo hacía? ¿Cómo era posible que él siempre supiera lo que pensaba? Ya lo había hecho tres o cuatro veces.

Era perturbador y... fascinante. Y de ninguna manera podía ella dejar que creyera que tenía razón.

–¿Me estás diciendo que todo eso de que eres un buen tipo son tonterías y que la amabilidad que me has demostrado se debe a que tratas de acostarte conmigo?

–No, soy un buen tipo. Y si hubiera querido acostarme contigo, ya lo habría hecho.

Ella lo miró con los ojos como platos.

–¿Ah, sí?

–No eres tan dura como crees. Si ahora tratase de besarte, no me lo impedirías.

A Sierra, la idea de que los labios de él se posaran en los suyos le produjo palpitaciones. Pero se mantuvo firme y dijo:

–Si trataras de besarme, te daría un rodillazo donde tú ya sabes.

Él se echo a reír.

–¿Crees que no lo haría?

–Probablemente sí, sólo para demostrar lo dura que eres. Después cederías y dejarías que te besara.

–Es increíble lo arrogante que eres.

–Es una de mis cualidades más encantadoras –afirmó él, pero su sonrisa indicó a Sierra que le estaba tomando el pelo.

Tal vez aquella seguridad en sí mismo fuera una cortina de humo, o fuera ésa la manera de tantearla, o se estuviera burlando de ella. Tal vez ella le gustara de verdad, pero le asustara la posibilidad de que lo rechazara al no estar acostumbrado a que una mujer lo hiciera.

Aunque resultara extraño, la idea de que bajo la apariencia de hombre duro se escondiera un hombre vulnerable lo hacía más atractivo.

–Aunque te deseara, lo cual no es así a pesar de lo que creas, no correría riesgos. No me imagino devolviendo a mi padre a la horrible residencia de la que lo acabo de sacar. Y sin este trabajo no podría pagar la nueva. Así que tengo mucho motivos para no desearte.

Antes de que Coop pudiera responder, Ivy comenzó a removerse en el asiento de atrás.

Sierra la miró.

–Será mejor que nos vayamos antes de que se despierte.

Él arrancó. Ella pensó que tal vez continuaría con la conversación, pero Coop puso la radio, por lo que ella suspiró aliviada. Esperaba haber dejado las cosas claras, que él no volviera a mencionar el tema y que la tensión sexual presente en todo momento en su relación desapareciera por arte de magia para poder mantener una relación normal entre un jefe y su empleada. Porque temía que Coop estuviera en lo cierto: si la besaba, no estaba segura de poder rechazarlo.

Y le asaltó el presentimiento de que la conversación, a pesar de lo inadecuada que resultaba, no había, ni mucho menos, concluido.

Capítulo Seis

Sierra no tenía noticias de su hermana con frecuencia. Pasaban meses sin saber de ella. Sierra le dejaba mensajes en el contestador a los que su hermana no respondía. De pronto, un día Joy llamaba y siempre ponía las mismas excusas: que estaba muy ocupada, que se había mudado de casa, que le habían cortado el teléfono por no pagar... La realidad era que Joy era frágil. Ver consumirse a su madre le había hecho mucho daño y no había tenido la capacidad emocional de enfrentarse a la situación de su padre enfermo, por lo que había puesto tierra de por medio.

Sierra no pudo ponerse en contacto con ella cuando Ash y Susan murieron. Por eso se sorprendió al ver su nombre en la pantalla del móvil, después de que ella y Coop hubieran acostado a las niñas.

Estuvo tentada de no contestarle, pero... ¿y si fuera algo importante? Aparte de a su padre y a las mellizas, no tenía a nadie más. Asimismo era una excusa perfecta para saltarse la copa de vino con Coop.

–Tengo que contestar, es mi hermana –dijo mientras se dirigía a su habitación y cerraba la puerta fingiendo no haber visto la expresión de desilusión de Coop.

–Hola –dijo al responder a la llamada–. ¿Cuánto hace que no me llamas? ¿Tres meses?

Su hermana suspiró.

–Ya sé que tendría que llamarte más a menudo, pero lo que tengo que decirte lo compensará. ¡Voy a volver a casa!

–¿Vuelves a Nueva York?

–No, por Dios. Los Ángeles es una ciudad fabulosa. Estoy en Malibú, en casa de unos amigos en primea línea de playa, y es increíble. Ahora mismo estoy sentada en la arena viendo subir la marea.

Sierra se la imaginó sentada con sus largas piernas cruzadas y su larga y negra melena flotando al viento mientras sostenía una cerveza en una mano y un cigarrillo en la otra. Sierra estaba convencida de que la casa en la que se hallaba era la de un hombre cuyo dormitorio compartía.

–Entonces, ¿por qué dices que vuelves a casa?

–Porque voy a hacerte una visita.

–¿Cuándo?

–Dentro de diez días. Van a hacer pruebas de reparto para una película independiente que se empezará a rodar en agosto. Mi agente cree que el papel protagonista será para mí. Me quedaré una semana en la ciudad, por si me llaman.

–Son buenas noticias –aunque, según Joy, su agente siempre creía que iba a obtener el papel protagonista.

–Sé lo que estás pensando.

–No he dicho nada.

–No hace falta. Me llega tu escepticismo por la línea telefónica. Pero esta vez es distinto. Mi nuevo agente tiene contactos estupendos.

–¿Tu nuevo agente? ¿Qué le ha pasado al otro?

–¿No te lo había contado? Nos separamos hace dos meses.

–¿Por qué? Creía que era excelente.

–Su esposa nos sorprendió en la oficina.

–¿Te acostabas con tu agente, que además estaba casado?

–Una chica hace lo que puede para prosperar, y no me suponía problema alguno. Además, no estás en situación de juzgarme.

El padre de las mellizas era un hombre casado, pero la situación había sido totalmente distinta.

–Se había separado de su esposa y sólo fue la aventura de una noche.

Cuando se dio cuenta de que estaba embarazada, él se había reconciliado con su esposa. En cualquier caso, no se hubiera casado con él. Era un buen tipo, pero ambos supieron desde el primer momento que habían cometido un error.

Sierra cambió de tema.

–Entonces, ¿dices que vas a venir?

–Sí, y ni que decir tiene que me alojaré en casa de mi hermana preferida.

–Ah –eso iba ser un problema.

–¿Qué significa ese «ah»? Creí que te alegraría verme.

–Y así es, pero alojarte conmigo será complicado.

–¿Por qué? No me digas que vives con alguien.

–Pues sí, pero no como imaginas. Trabajo para él.

–¿De enfermera?

–De niñera.

–¿De niñera? Diste a las niñas en adopción hace seis meses. ¿No te trae el trabajo malos recuerdos?

–Espera un momento Joy –fue hasta la puerta y la abrió un poco. Pare decirle a Joy lo que sucedía, no podía arriesgarse a que Coop se enterara. Oyó el sonido de la televisión que procedía del salón, por lo que dedujo que estaría viéndola. Cerró la puerta.

–¿Recibiste los mensajes que te dejé sobre lo que les había pasado a los padres de las mellizas?

–Sí, iba a llamarte, pero…

–Pues las niñas viven ahora con su tío, el hermano de Ash.

–¿No es un deportista famoso?

–Un exjugador de hockey. Un juerguista y un mujeriego. No es la clase de persona que quiero para mis niñas.

–Lo siento mucho. ¿Has hablado con tu abogado? ¿No puedes aducir que su tío no está capacitado para cuidar a las niñas y recuperarlas?

–Mi abogado habló con el del tío, pero éste se negó a ceder a las niñas, así que puse manos a la obra.

–¿Las has raptado? –preguntó Joy gritando.

–Claro que no, pero tenía que estar con ellas para saber que estaban bien. Así que cuando me enteré de que el tío buscaba una niñera…

Otro grito.

–¿Eres la niñera de las mellizas?

–Tendrías que verlas, Joy. Están preciosas. Y estoy con ellas las veinticuatro horas del día.

–Y ese tipo, su tío, ¿sabe que eres su madre?

–Por supuesto que no. Y no debe saberlo.

–Es una locura, Sierra. ¿Qué vas a hacer? ¿Cuidar de las niñas lo que te queda de vida y que no sepan que eres su madre?

–Me quedaré con ellas todo el tiempo que me necesiten. Y puede que un día les diga la verdad.

–¿Y tu vida? ¿No vas a casarte ni a tener más hijos? ¿Vas a renunciar a todo?

–Sólo temporalmente. Me imagino que cuando estén todo el día en el colegio no me necesitarán tanto y tampoco tendré que pasar las noches aquí.

–Parece que ya lo tienes todo pensado.

–Así es.

–Y el tío…

–Coop, Coop Landon

–¿Es una persona tan horrible?

Ojalá lo fuera. Sería todo menos confuso.

–En realidad, parece un buen hombre. No es en absoluto lo que me esperaba. De momento, está entregado al cuidado de las niñas, lo que no implica que más adelante no vuelva a sus antiguas costumbres. Por eso es importante que yo esté con las niñas, para educarlas bien.

–¿Y si averigua quién eres?

–No lo hará, no tiene forma de hacerlo. Así que alégrate por mí porque esto es lo que quiero.

–De acuerdo, me alegro. Es que no quiero que sufras.

–No sufriré. Es un plan infalible –siempre que no cometiera una estupidez como enamorarse de Coop–.

En cualquier caso, no puedes quedarte conmigo porque vivo en su casa.

–¿Por qué no? Dices que es un buen tipo. Estoy segura de que no le importará que…

–Joy…

–Al menos podrías preguntárselo. No tengo adonde ir ni tampoco dinero. Mi agente me va a prestar para el billete a fondo perdido.

Sierra le pagaría un hotel si pudiera, pero se había gastado todo el dinero en el traslado de su padre y necesitaría unos meses para recuperarse. Y aunque detestaba aprovecharse de la hospitalidad de Coop, le pareció la ocasión ideal para hacer chantaje emocional a Joy.

–Lo haré con una condición.

–La que sea.

–Prométeme que vendrás conmigo a ver a papá.

Su hermana suspiró profundamente.

–Ya sabes que no me gustan esos sitios.

–Lo acabo de trasladar a una buena residencia en Jersey.

–Es que la idea de todos esos viejos enfermos…

Sierra se contuvo para no decir a su hermana que debía madurar.

–Estamos hablando de papá, del hombre que te crió, ¿lo recuerdas?

–Según lo que me dijiste la última vez, ni siquiera me va a reconocer. Así que, ¿qué sentido tiene?

–No lo sabemos con total certeza. Y probablemente no le quede mucho tiempo. Tal vez sea la última vez que lo veas vivo.

–¿Y crees que es así como quiero recordarlo?

¿Y creía Joy que a ella le gustaba llevar toda la carga de su enfermedad tanto emocional como económicamente?

–Lo siento, pero no estoy dispuesta a ceder. O me lo prometes o duermes en la calle.

Joy volvió a suspirar.

–De acuerdo, iré a verlo.

–Y yo le preguntaré a Coop si puedes quedarte –aunque no dudaba que aceptaría. Parecía que quería seguir con el papel de buen tipo. Por otra parte, faltaban diez días para que Joy llegara, así que podía esperar una semana para pedírselo. No le hacía ninguna gracia estar en deuda con él porque tal vez llegara el día en que quisiera cobrarse la deuda.

Lo haría por su hermana, pero no volvería a pedirle un favor a Coop.

–Tío, son modelos rusas. Están buenísimas. No puedes negarte –dijo Vlad.

Como Coop había explicado a Niko, su antiguo compañero de equipo, había hecho borrón y cuenta nueva. Sus días de salir toda la noche de juerga y volver a casa acompañado de mujeres, aunque estuvieran buenísimas, se habían acabado. La llamada de Vlad le indicó que éste no había hablado con Niko o que su amigo no pensó que hablara en serio.

–Lo siento, pero no cuentes conmigo. Ya le he dicho a Niko que ahora tengo familia.

–Pero ¿no has buscado una niñera?

–Sí, pero sigo siendo responsable de las mellizas. Necesitan que esté con ellas.

Vlad rezongó un poco. Coop, sin prestarle atención, se despidió y se agachó a agarrar un juguete que Ivy había tirado al suelo para devolvérselo. La brisa cálida de la mañana movía las hojas de los periódicos que había en la mesa de la terraza del café. Miró a Sierra que, en el interior, hacía cola para comprar dos cafés. Coop estaba contento.

Si el trato salía bien y compraba el equipo, cambiaría la dinámica de la relación con sus antiguos compañeros de juego, pues pasaría de ser su compañero y cómplice a ser su jefe. Y estaba preparado para el cambio.

Se guardó el teléfono en el bolsillo de los pantalones cortos y movió el cochecito para que las niñas estuvieran a la sombra. Iba a ser un día muy caluroso, pero a las nueve y media la temperatura era ideal. Antes de tener a las niñas, a esa hora ni siquiera se hubiera levantado. Cuando tenía veinte años, podía pasarse toda la noche de juerga, dormir unas horas, ir a entrenarse y rendir al máximo. Pero últimamente, las noches fuera le habían pasado factura. Si salía, al día siguiente se pasaba medio día durmiendo.

Desde que las niñas vivían con él, se acostaba a medianoche y se levantaba al amanecer. Y descubrió que le gustaba levantarse temprano. Aquella mañana se había levantado antes del alba, había preparado café y se había sentado en la terraza a ver salir el sol. Al volver dentro, Sierra, todavía en camisón, estaba dando el biberón a las niñas.

Se sobresaltó cuando le dio los buenos días, sorprendida al verlo levantado. Contra su voluntad, Coop se fijó en el escote y en las piernas. Una mujer tan atractiva como Sierra no podía andar por la casa medio desnuda y esperar que no la miraran. Y el hecho de que no hubiera tratado de taparse le indicó que le gustaba que la miraran.

Volvió a mirar a Sierra por la ventana del café y vio que la cola apenas había avanzado. Había sido idea suya, al encontrarse con Sierra y las niñas cuando volvía de correr, acompañarlas en su paseo matinal, una intrusión en su rutina que a ella no parecía haberle hecho ninguna gracia, lo cual no era de extrañar, ya que llevaba evitándolo toda la semana. Estaba seguro de que se debía a la conversación que habían mantenido el día que trasladaron a su padre. Y por mucho que ella fingiera, no lo engañaba: lo deseaba tanto como él a ella.

Una sombra a su lado le hizo alzar la cabeza creyendo que sería Sierra, pero halló a una joven desconocida con ropa deportiva y una botella de agua en la mano.

–Señor Landon, quería decirle que soy una gran admiradora suya.

Él no estaba de humor para hablar con admiradores pero recurrió a su encanto y dijo:

–Muchas gracias, señorita…

–Amber Radcliff.

–Encantado de conocerte, Amber.

Era baja y delgada y podría haber pasado por una joven de diecisiete años, aunque Coop creía que estaría cerca de los veinticinco, la edad ideal. Era muy atractiva y se veía que estaba en forma. Era el tipo de mujer que normalmente lo atraía, pero cuando ella le sonrió, no sintió el más mínimo interés. Parecía que la joven ni siquiera se había dado cuenta del cochecito que había a su lado.

–Toda la vida me ha gustado el hockey –afirmó ella mientras se sentaba enfrente de él sin haber sido invitada–. Mi padre nunca se perdía un partido en casa. Ya sé que se lo dirán mucho, pero soy la número uno de sus admiradoras.

–Pues me alegro de que me hayas saludado.

–El equipo no es el mismo desde que usted lo dejó. La temporada pasada fue decepcionante.

–Seguro que las cosas van mejor esta temporada –porque él estaría al frente. Aunque las negociaciones estaban en punto muerto, confiaba en que el dueño acabaría aceptando su oferta. Sierra apareció con dos cafés y cara de pocos amigos al ver a una desconocida en su silla

–Perdona –dijo.

Amber la miró de arriba abajo y respondió:

–Perdona, pero yo lo he visto primero.

Capítulo Siete

Sierra enarcó las cejas y Coop reprimió la risa. Siempre sucedía lo mismo con sus admiradoras. Creía que por haber pagado por verlo jugar tenían derecho a entrometerse en su vida.

–Sierra, esta es Amber, una admiradora.

Sierra dejó los cafés en la mesa de un golpe.

–Mucho gusto, Amber, pero ésa es mi silla.

–Lo siento –Amber se puso colorada y se levantó–. No me había dado cuenta de que…

–No pasa nada –intervino Coop sonriendo–. Dale recuerdos a tu padre y las gracias por ser un admirador leal. Y seguro que la próxima temporada el equipo vuelve a jugar bien, te lo garantizo.

Amber murmuró una despedida y tropezó con el cochecito con las prisas por salir de allí.

–Vaya –dijo Sierra mientras se sentaba.

–Es el precio de la fama.

–¿Son todos tus admiradores tan maleducados?

–Algunos son más agresivos que otros. Sin admiradores, no hubiera tenido trabajo ni un equipo que comprar –dio un sorbo al café–. Está delicioso.

–¿Las niñas se han portado bien?

–Muy bien, aunque Ivy no deja de tirar el juguete al suelo.

–Porque sabe que se lo devolverás.

–Me tienen atrapado –concedió él sonriendo a las niñas.

Sierra se quedó callada, con el ceño fruncido, mirando distraídamente la taza. Llevaba toda la mañana con aire ausente, como si hubiera algo que la preocupara. Y a Coop le habría gustado saber si era por algo que él hubiera hecho.

–¿En qué piensas?

Ella alzó la vista.

–Mejor que no lo sepas.

–¿Tienes algún problema?

–No exactamente.

–¿Entonces?

–Tengo que pedirte un gran favor, pero quiero que sepas que no tienes ninguna obligación de hacérmelo. Pero he prometido que te lo pediría.

–Pues pídemelo.

Las niñas comenzaron a agitarse y Sierra les dio un biberón con zumo.

–Resulta que mi hermana tiene una prueba cinematográfica en Nueva York y va a venir.

–¿Necesitas tiempo libre?

–No. Lo que hagamos juntas podemos hacerlo con las niñas. Lo que pasa es que normalmente se queda en mi casa. No había tenido la ocasión de hablarle de mi nuevo empleo, por lo que ha supuesto que podría quedarse conmigo. Ha tenido que pedirle dinero prestado a su agente para el billete de avión y no tiene dinero para un hotel.

–Quieres saber si se puede quedar en casa.

–No quería pedírtelo, pero…

–¿Cuándo llega? ¿Y cuánto se va a quedar?

–Llega mañana a mediodía y se quedará una semana. Ya sé que es mucho tiempo.

Él se encogido de hombros.

–Muy bien.

–¿De verdad que no te importa? No deberías invitar a una completa desconocida a tu casa.

–Pero no es una desconocida, sino tu hermana. Y que conste que no se trata de un gran favor. Si me hubieras pedido un riñón o un pulmón, habría sido otra historia.

–Pero no la conoces. Me siento fatal por ponerte en esta tesitura.

Él suspiró. ¿No iba Sierra a aprender que no era el ogro que pensaba?

–Porque ambos sabemos que en el fondo soy un estúpido que no hace nada por los demás a no ser que se vea obligado.

–Sabes que no me refiero a eso.

A veces, ella conseguía que se sintiera así porque siempre esperaba lo peor de él, a pesar de que en las dos semanas que llevaban juntos siempre la había tratado con cortesía y no se había quejado de nada. Alguien tenía que haberle jugado una mala pasada para que desconfiara tanto de él, y de sus propios instintos.

–Puede quedarse. Y no lo digo porque me sienta obligado, ni para acostarme contigo

Sierra se mordió el labio inferior y bajó los ojos.

–No lo he pensado.

No era que él no quisiera acostarse con ella, pero no al precio de perderla como niñera ni, desde luego, porque ella creyera que le debía algo.

Ivy tiró el biberón tan lejos que dio en la pata de la silla de un anciana que estaba sentada en la mesa de al lado. Se inclinó para recogerlo, lo limpió con la servilleta y se lo devolvió a la niña, que chilló de alegría.

–Qué niñas tan guapas –exclamó la anciana–. Se parecen a su madre, pero tienen los ojos de su padre.

No tenía sentido explicarle la situación a la señora, así que Coop sonrió y le dio las gracias. Cuando se volvió hacia Sierra, estaba alterada. ¿Tanto la disgustaba la idea de que creyeran que las mellizas eran hijas de ambos?

Ella se inclinó y susurró:

–No se parecen a mí, ¿verdad?

–No veo cómo alguien puede creer que seas su madre.

–¿A qué te refieres?

–El tono de la piel y el color del pelo es similar, pero ¿te pareces a ellas? Creo que no. Y, aparte de que las tres tenéis dos ojos, no veo ninguna otra semejanza. Sin embargo, al verte con ellas, es natural suponer que eres la madre.

–¿Por qué?

–Porque las tratas como una madre lo haría.

–No sé si te entiendo. ¿Cómo voy a tratarlas si no?

–Susan me dijo una vez que, antes de que Ash y ella las adoptaran, se sentaba en el parque durante la hora de la comida y veía jugar a los niños con la esperanza de ver un día jugar a los suyos. Me dijo que siempre sabía si los adultos que los acompañaban eran sus padres o personas encargados de cuidarlos. Los padres se relacionaban con ellos y se veía que les importaban y que querían estar allí. Los cuidadores formaban grupos y se ponían a hablar sin prestarles atención salvo cuando tenían que regañarlos. Decidió que, si tenía un hijo, dejaría de trabajar y se quedaría en casa. Y así lo hizo.

–Parece que era una buena madre.

–En efecto. Así que te imaginarás cómo me sentí cuando tuve que contratar a una niñera sabiendo que Susan se hubiera opuesto. Pero sabía que no podía arreglármelas para hacer de padre y madre a la vez. Pero apareciste tú, y en dos semanas has superado mis expectativas con creces. Estoy tranquilo porque sé que, aunque esté ausente, las niñas están bien atendidas por alguien que las quiere y porque, aunque no tengan madre, tienen a alguien que les da el amor y el cariño de una verdadera madre.

A Sierra se le llenaron los ojos de lágrimas. Él no pretendía hacer que llorara, sino que supiera la importancia que tenía en sus vidas y lo mucho que lo valoraba. Y eso no tenía nada que ver con querer acostarse con ella.

Puso la mano en la de Sierra esperando que ella la retirara.

–Así que, si te hago un favor, es porque quiero que sepas cuánto valoro que estés con nosotros. Y quiero que estés tan contenta como lo estamos nosotros. Quiero que sientas que perteneces a la familia, aunque no sea una familia convencional.

Ella se secó las lágrimas con la mano libre.

Ivy gritó y volvió a tirar el biberón, y Fern la imitó. Coop soltó la mano de Sierra para recoger los biberones.

–Creo que se están poniendo nerviosas.

–Sí, será mejor que nos vayamos –dijo ella mientras volvía a secarse los ojos.

Sin apenas haber probado los cafés, se marcharon. Coop sintió un tremendo deseo de tomarla de la mano, pero como llevaba el cochecito con ambas manos, no hubiera podido hacerlo.

Esa necesidad irracional de estar cerca de ella desafiaba toda lógica. Podía conseguir prácticamente a cualquier mujer que deseara; mujeres que lo halagarían y que se disputarían su atención; mujeres dispuestas a ser lo que él quisiera con el único fin de complacerlo.

¿Y justamente tenía que desear a quien no lo quería?

Mientras las niñas dormían la siesta, Sierra se dispuso a hacer la colada. Deseaba que aquella mañana en el café no hubiera sucedido.

¿Tenía que ser Coop siempre tan amable? Lo que le había dicho sobre su forma de cuidar a las niñas era los más agradable que había oído en su vida. Le estaba poniendo muy difícil que él no le gustara. De hecho, cuando le había agarrado la mano... ¡Por

Dios! Tenía la mano grande y fuerte y un poco áspera, lo cual hubiera debido ser desagradable. Sin embargo, lo único en lo que ella pensó fue en que le acariciara todo el cuerpo. Si no hubieran estado en un lugar público, podría haber cometido una locura, como tirar la mesa a un lado, sentarse en su regazo y besarlo hasta dejarlo sin aliento. Y después le hubiera quitado la camiseta y los pantalones y le hubiera acariciado todo el cuerpo.

¿Por qué pensaba eso?

Era un error. Aún no sabía por qué ella lo atraía. ¿Por conveniencia, ya que le había dicho que por esa razón elegía a las mujeres? ¿Y qué podía ser más conveniente que una mujer que vivía bajo el mismo techo? ¿O era la persecución lo que despertaba su interés? Y si ella se dejaba atrapar, ¿cuánto tiempo tardaría él en aburrirse?

No mucho. Y después de abandonarla, ella se quedaría con el corazón destrozado, sin trabajo, sin casa y sin sus hijas. Tenía mucho que perder.

Metió la ropa en la lavadora y se dio cuenta de que todavía llevaba la camiseta que Fern le había manchado de puré en la comida. La señora Densmore estaba haciendo la compra y Coop se había marchado a una reunión hacía una hora y le había dicho que duraría hasta la cena, así que Sierra pensó que podía salir en sujetador para ir a su habitación. Se quitó la camiseta y la metió en la lavadora.

La puso en marcha, salió del lavadero y se quedó petrificada al ver que Coop estaba en la cocina.

Parpadeó un par de veces.

Pero no, era Coop. Estaba apoyado en la encimera y revisaba el correo que debía de haber recogido al entrar. En cualquier momento alzaría la vista y la vería en sujetador.

Coop debió presentir su presencia, porque alzó la vista. Y entonces fue él quien parpadeó. Después se fijó en sus senos y dijo:

–No llevas camiseta.

–La señora Densmore ha ido al mercado y no creí que volverías tan pronto.

–Mi abogado tenía que marcharse –le explicó él sin dejar de mirarle los senos–. Y pienso agradecérselo enormemente cuando vuelva a verlo.

El deseo que había en sus ojos era tan intenso que Sierra pensó que le arrancaría el sujetador con la mirada.

–Sólo por curiosidad, ¿sueles andar en sujetador cuando no hay nadie en casa?

–La camiseta estaba manchada de puré y la he metido en la lavadora. Podrías ser un caballero y mirar hacia otro lado.

–Podría si no creyera que te gusta que te mire.

Otra vez le había leído el pensamiento.

–¿Quién ha dicho que me gusta?

–Si no fuera así, habrías intentado cubrirte o marcharte. Por no mencionar la cantidad de feromonas que está despidiendo tu cuerpo. Y ya sabes lo que eso significa.

Las rodillas comenzaron a temblarle.

–¿Qué significa?

–Que tengo que besarte.

Capítulo Ocho

–No es buena idea, Coop –dijo Sierra con voz temblorosa.

Tal vez no lo fuera, pero, en aquel momento, a Coop le daba igual. Se acercó a ella y Sierra contuvo el aliento.

–Lo único que tienes que hacer es negarte.

–Lo acabo de hacer.

Coop estaba a unos centímetros de ella y sentía el calor que despedía su piel desnuda.

–Has dicho que no es buena idea, pero no que no lo haga.

–Pero era eso lo que quería decir.

–Entonces, dilo.

Ella abrió la boca y volvió a cerrarla.

Era evidente que lo deseaba. Él le acarició el brazo con el pulgar desde el codo hasta el hombro y después en sentido contrario. Sierra se estremeció.

–Dime que pare –dijo él al ver que ella no hablaba.

Ella lo miró con los ojos llenos de deseo y las mejillas encendidas.

Él le agarró la barbilla, se la acarició con el pulgar y sintió que ella se derretía y cedía.

–Es tu última oportunidad.

Ella lanzó un suspiro de exasperación.

–Calla de una vez y bésame.

El sonrió mientras inclinaba la cabeza. Cuando sus labios se tocaron y la lengua de ella se deslizó por la suya, el deseo lo invadió con inusitada violencia.

¡Por Dios!

En su vida había experimentado una conexión tan intensa con una mujer sólo por haberla besado. Pero, desde luego, nunca había conocido a una mujer como Sierra. Y supo que un beso no le bastaría. Deseaba más, lo necesitaba de un modo que le resultaba desconocido.

Ella deslizó los brazos en torno a su cuello para tratar de aproximarse más, pero el brazo de Coop se hallaba en medio. Sierra dejó de besarlo y le miró la entrepierna, que él se tapaba con la mano que tenía libre. Después alzó los ojos mirándolo de forma inquisitiva.

–Es por si cumples tu amenaza.

–¿Qué amenaza?

–La de llevarme un rodillazo si trataba de besarte.

Ella se echó a reír y negó con la cabeza.

–Al haberte creído que fuera a hacerlo, me resultas mucho más atractivo.

Él sonrió.

–Ya te he dicho que soy irresistible.

–Esto es un error, Coop.

Él le acarició la espalda desnuda. Sierra suspiró y cerró los ojos.

–Nada que te haga sentir tan bien puede ser un error.

Ella debía de estar de acuerdo porque le rodeó el cuello con los brazos, le bajó la cabeza y lo besó. Podría haberla tomado allí mismo, en la cocina, y estaba seguro de que era lo que ella quería, pero Sierra se merecía algo mejor que una encimera o la puerta de una nevera. Era especial. No estaba con él por la emoción de estar con alguien famoso. Aquello significaba algo para ella, algo profundo. Merecía que la trataran con ternura, y cuando hicieran el amor, y él ya estaba seguro de que sucedería, quería que fuera con tiempo y que no tuvieran que preocuparse de que las niñas fueran a despertarse de la siesta, lo que estaba a punto de ocurrir. Además, la señora Densmore podía volver en cualquier momento. Y aunque le daba igual lo que su ama de llaves pensara, no quería que Sierra se sintiera violenta o incómoda. Ella realmente le importaba, lo que era extraño.

¿Se estaría enamorando?

Él no se enamoraba. Las mujeres no le duraban una semana y no eran más que un pasatiempo. Y no porque tuviera una herida profunda ni miedo al compromiso. La muerte de sus padres no le había causado un profundo daño ni lo había abandonado su único y verdadero amor, sino que se había centrado en su carrera y no había tenido tiempo para tener una relación a largo plazo. Tampoco había conocido a una mujer sin la cual no pudiera vivir. Pero al final tendría que ocurrir, tendría que encontrar su media naranja. Y tal vez fuera Sierra.

Tuvo que recurrir a toda su fuerza de voluntad para dejar de besarla sin tener garantías de que ella volviera a consentirle que lo hiciera. Tal vez ella cambiara de opinión, pero era un riesgo que debía correr.

Le agarró las manos, se las quitó del cuello y se las puso en el pecho.

–Tenemos que parar antes de ir demasiado lejos.

Ella pareció sorprendida y decepcionada, y quizá algo aliviada.

–Las niñas van a despertarse.

–Exactamente. Y a no ser que quieras que la señora Densmore te vea medio desnuda, será mejor que te pongas algo.

–Casi merecería la pena, para verle la cara.

Oyeron que se abría la puerta de servicio y Sierra se fue corriendo a su habitación.

La señora Densmore apareció con dos bolsas llenas de provisiones.

Al verlo le dijo:

–No lo esperaba tan pronto.

Parecía cansada, así que él agarró las bolsas y las dejó en la encimera.

–La reunión ha acabado temprano.

Echó un vistazo al contenido de las bolsas: verdura y hortalizas, tarros de comida infantil y pechugas de pollo.

–¿Vamos a cenar pollo?

–Sí –hizo una pausa y añadió–: Tenemos que hablar.

Coop se percató por su expresión que había un problema.

–¿Qué pasa?

–Me temo que no puedo seguir trabajando aquí.

Coop sabía que no le hacía gracia que estuvieran las niñas, pero no hasta el punto de que quisiera dejar el empleo. Era una buena ama de llaves y no quería perderla.

–¿Es por algo concreto? Y si es así, ¿puedo hacer algo para solucionarlo?

–Acepté este trabajo porque se ajustaba a ciertas normas: no había niños ni era probable que los hubiera y usted no paraba mucho en casa. Me gusta estar sola y hacer las cosas a mi aire. Desde que trajo a las mellizas, todo ha cambiado. Tengo que cocinar continuamente y odio cocinar. Además, la niñera me está martirizando.

Él no pudo evitar la risa, lo que provocó una mirada furibunda de parte del ama de llaves.

–Perdone, pero Sierra no es una persona que se dedique a martirizar a los demás.

–Me gasta bromas.

–¿Qué bromas?

–Se dedica a descolocar las cosas para que me enfade. Quita la leche de la puerta de la nevera y la pone en un estante y coloca de forma distinta las cosas del lavadero. Es infantil y mezquina.

–Hablaré con ella.

–Ya es tarde. Además, mientras las niñas sigan aquí no estaré a gusto en este trabajo.

Coop sentía que ella opinara así, pero tampoco quería tener a una empleada descontenta o que no supiera apreciar a dos preciosas niñas.

–¿Cuándo va a marcharse?

–Tengo un nuevo empleo y quieren que empiece inmediatamente, así que hoy es mi último día.

–¿Hoy? –no podía creer que lo fuera a dejar en la estacada.

–Al final, usted me hubiera despedido. Ella hubiera insistido.

–¿Sierra? No es asunto suyo.

–Lo será cuando sea la señora de la casa, y usted sabe que eso será lo que suceda.

Coop no sabía que lo que sentía por Sierra fuera tan evidente.

–No se preocupe –dijo la señora Densmore–. Llamé a una agencia y tendrá a una sustituta antes de acabar la semana.

–¿Le importa decirme para quién va a trabajar?

–Para un diplomático y su esposa. Tienen hijos mayores y pasan tres semanas al mes viajando. Estaré sola prácticamente siempre.

–Parece perfecto para usted.

–Salvo este último mes, ha sido un placer trabajar aquí, señor Landon. Pero ya no estoy a gusto. Ya soy vieja para cambiar de costumbres.

–Entiendo.

–Estoy segura de que Sierra se las arreglará hasta que usted encuentre a otra persona.

Coop había visto la habitación de Sierra. El gobierno de una casa era algo que parecía resultarle incomprensible. Además, con dos niñas que cuidar, no tendría tiempo de limpiar y cocinar. Necesitaba a alguien de forma inmediata.

–La cena estará lista a las seis y media.

–Gracias.

Coop fue a buscar a Sierra para contarle lo que ella sin duda consideraría una buena noticia. Las niñas seguían durmiendo, así que llamó a su habitación. Cuando ella abrió la puerta, vio con pesar que se había puesto una blusa limpia.

–¿Tienes un minuto?

–Claro –lo dejó entrar. La cama estaba deshecha, había una toalla de baño colgada de una silla, el escritorio estaba lleno de papeles y había un montón de libros en el suelo, al lado de la cama.

–Perdona el desorden. No encuentro tiempo de ordenar las cosas. Tras todo el día con las niñas, estoy agotada.

Lo que implicaba que era imposible que se dedicara a las labores domésticas.

–Es tu habitación y puedes tenerla como quieras.

–Sé que saca de quicio a la señora Densmore, pero no consentiré que entre.

–Ahora que la mencionas, por ella vengo a verte.

–¿Es que me ha visto sin camiseta?

–No, pero parece que la has estado martirizando.

Sierra adoptó una expresión de inocencia absoluta.

–¿Qué quieres decir?

Coop trató de ponerse serio, pero su mirada era risueña.

–No finjas que no sabes de lo que hablo. Ya sabes que siempre sé cuándo mientes.

–Decir que la martirizo es una exageración. Son bromitas. Y no me digas que no se las merece.

–Acaba de despedirse.

Ella ahogó un grito.

–No puede ser.

–Ahora mismo, en la cocina. Es su último día.

–Lo siento, Coop. Quería molestarla, pero no que se fuera por mi culpa. ¿Quieres que hable con ella y que le prometa que voy a portarme bien?

Él sonrió y negó con la cabeza.

–Puede que hayas acelerado el proceso, pero se hubiera marchado de todos modos. Dice que no está a gusto desde que las niñas viven conmigo. La contraté hace cinco años, cuando jugaba al hockey y apenas paraba en casa. A ella le gustaba que fuera así.

–Me siento fatal.

–No te preocupes –señaló una foto enmarcada que había en la cómoda–. ¿Es tu madre?

Ella asintió sonriendo. Era su foto preferida. Su madre estaba sentada en la hierba, en el parque, y sonreía a la cámara.

–¿A que era muy guapa?

Él se acercó a la cómoda y agarró la foto.

–Mucho.

–Siempre sonreía, siempre estaba contenta. Y era contagioso. Si estabas con ella, sonreías. Y le encantaba dar abrazos, así que nos acurrucábamos los domingos en un sillón y nos pasábamos el día leyendo o haciendo crucigramas. Y mi padre la adoraba. No volvió a casarse. Ni siquiera salía mucho con mujeres. Creo que nunca se recuperó de su pérdida. No se peleaban ni discutían. Su matrimonio era perfecto.

–¿Era asiática?

–Su madre era china. Me gustaría parecerme más a ella.

–Te pareces.

–Me parezco más a mi padre.

–¿La echas de menos?

–Todos los días.

Él se le acercó, la tomó de la mano y la atrajo hacia sí. Ella no se resistió cuando la abrazó. Se estaba tan bien con la cabeza apoyada en su pecho y oyendo los latidos de su corazón... Era tan alto y fuerte y olía tan bien... Y besarlo era como estar en el paraíso. Y a partir de aquel momento sólo estarían los dos en la casa, y las niñas, claro. Pensarlo la emocionó y la puso nerviosa. Sabía que besarse no había sido buena idea y que ir más lejos sería un error de proporciones cósmicas. Pero ¿por qué no fingir por unos instantes que tenían una oportunidad y que una aventura con Coop no lo echaría todo a perder?

Por la razón que fuera, y contra toda lógica, parecía que ella le gustaba de verdad. Si lo único que le importara fuera llevársela a la cama, ya estarían allí. Y si ella creyera que los sentimientos de él no eran algo pasajero, no dudaría en arrastrarlo ella misma hasta el lecho. Por desgracia, Coop y ella eran demasiado distintos y lo suyo nunca funcionaría.

Se separó de sus brazos y reculó.

–Tenemos que hablar.

–Me da la sensación de que no me va a gustar.

–Lo que ha pasado antes ha estado bien.

–¿Pero...?

–Sabemos que no funcionaría.

–No lo sabemos.

–No quiero tener una aventura.

–Yo tampoco. Sé que te resultará difícil creerlo, pero esta vez quiero algo más. Estoy preparado.

–¿Cómo lo sabes? ¿Cuánto haces que me conoces? ¿Dos semanas?

–No sé explicarlo. Lo único que sé es que nunca he deseado a nadie como a ti.

Lo afirmó con tanta intensidad que ella no dudó que hablaba en serio, y deseó olvidar sus reparos y creerle también. Pero había mucho en juego.

–Yo también te deseo, Coop. Y no dudo que durante un tiempo todo iría bien, hasta que se torciera. Te sentirías desgraciado y yo también; las cosas dejarían de funcionar y, aunque detestaras hacerlo, me despedirías.

–No lo haría.

–Claro que sí porque no tendrías elección. Piénsalo. ¿Qué harías, traer a otra mujer mientras yo estuviera aquí?

–Supones que no funcionaría. Pero ¿y si lo hace? Estaríamos muy bien juntos.

–No estoy dispuesta a correr riesgos –y no podía hacérselo comprender sin decirle la verdad, lo cual haría que la despidiera sin pensárselo dos veces.

–¿Así que el trabajo te importa más que lo que sientes por mí?

–Las niñas me necesitan más que tú. Y si pierdo el empleo, mi padre tendrá que volver al agujero en que estaba. Y eso no lo consentiré.

–Podría despedirte ahora y así podríamos vernos.

Ella enarcó las cejas.

–¿Quieres decir que si no me acuesto contigo vas a despedirme?

Coop frunció el ceño y se pasó la mano por la barbilla.

–Lo dices de una manera que parece sórdido.

–Es que lo es. Y también se llama acoso sexual –ella no creía que la estuviera amenazando en serio. Simplemente no estaba acostumbrado a que llevaran la contraria. Pues tendría que hacerlo.

El móvil de Sierra empezó a sonar. Cuando vio que la llamada era de la residencia, el corazón le dejó de latir, lo cual siempre le sucedía cuando se trataba de su padre, porque pensaba que le iban a decir que había muerto. Pero había muchos otros motivos para llamar.

Entonces, ¿por qué tenía un horrible presentimiento?

–Tengo que contestar. Es de la residencia –le dijo a Coop.

–Señorita Evans, soy Meg Douglas, de la residencia Heartland.

–Dígame –pidió Sierra con la esperanza de que le dijera que tenía que rellenar un formulario o firmar la autorización para un tratamiento.

–Lamento informarle de que su padre ha fallecido.

Capítulo Nueve

Coop cambió los pañales a las mellizas, les puso el pijama y se sentó en la mecedora con una en cada brazo. Antes de acabarse el biberón, ya estaban dormidas.

Aquella tarde habían estado muy ocupados. Habían ido a la residencia para que Sierra viera a su padre por última vez y después a la funeraria. Cuando volvieron a casa, ya se había pasado la hora de dormir de las niñas.

La señora Densmore les había dejado la cena en el horno y una nota en la nevera en que daba el pésame a Sierra.

Coop se levantó y metió a las niñas en la cuna, les dio un beso y las arropó. Se quedó unos instantes viéndolas dormir plácidamente. Al principio había creído que al contratar a alguien que las cuidara, su vida volvería a la normalidad. Dos meses antes, si le hubieran dicho que disfrutaría siendo padre, se habría muerto de risa.

Había pensado que estaría contento con el papel del tío que las llenaría de regalos mientras otra persona se ocupaba del día a día: de la comida, los pañales y las posteriores emociones de la adolescencia. Pero se había dado cuenta de que las niñas se merecían algo más: una familia convencional.

Cerró la puerta de la habitación con cuidado, llevó los biberones a medio terminar a la cocina y los metió en la nevera por si las niñas se despertaban con hambre por la noche.

Le apetecía tomarse una cerveza, así que agarró dos de la nevera y fue a la terraza, adonde había mandado a Sierra mientras acostaba a las niñas. Al principio ella había protestado, pero había terminado por ceder.

Era extraño, pero ya no pensaba en ella como la niñera de las mellizas, sino como la compañera que le ayudaba a criarlas. Y le gustaba.

El sol estaba a punto de ponerse, así que encendió las luces.

Sierra, sentada en una tumbona con las rodillas bajo la barbilla, alzó la cabeza. Llevaba pantalones cortos y una camiseta, y estaba descalza. Él esperaba que estuviera llorando, pero tenía los ojos secos. La única vez que había llorado aquel día había sido al entrar en la habitación de su padre.

–¿Están ya acostadas?

–Se quedaron fritas antes de meterlas en la cuna. ¿Quieres una cerveza? –le preguntó mientras levantaba una de ellas.

–Sí, gracias.

Se la dio y se tumbó en la tumbona de al lado.

Ella tomó un trago y suspiró.

–Gracias por ayudarme con las niñas y por llevarme en coche a todas partes. No sé cómo me las hubiera arreglado sin ti.

–No hay de qué. ¿Cómo estás?

–Bien, mejor de lo que me esperaba. Estoy triste, claro, y voy a echarlo de menos, pero mi padre se había marchado ya hace tiempo. No se debería vivir así. Me alegro por él de que todo haya acabado, de que esté en paz. ¿Te parezco una persona horrible?

–En absoluto.

–Pero me preocupa Joy.

–¿No ha tomado bien la noticia?

–Demasiado bien. Llevaba casi cuatro años sin ver a nuestro padre. Por eso me parecía tan importante que lo viera cuando viniera de visita. Ahora no podrá hacerlo, y me preocupa que lo lamente el resto de su vida. Le he preguntado si quería que retrasáramos la incineración para que pudiera verlo, pero me ha dicho que no porque no quiere recordarlo así.

–¿Puedo hacer algo? ¿Necesitas algo para el funeral? Sé que tu hermana y tú no andáis sobradas de dinero.

–No voy a consentir que pagues el funeral de mi padre.

–Entonces, ¿qué vas a hacer?

–Aún no lo he pensado.

–¿Tenía seguro?

–Una pequeña póliza, pero no quedará mucho tras los gastos médicos. Y hasta dentro de dos semanas no me pagarás el primer sueldo.

–¿Y si te doy un adelanto? No me importa. Estoy seguro de que no te vas a marchar.

Ella vaciló. Coop no entendía por qué le costaba tanto aceptar su ayuda. ¿No consistía en eso la amistad? Y la consideraba una amiga. Y la consideraría algo más si ella se lo permitiera.

–¿Estás seguro de que no es una imposición? –preguntó ella.

–En ese caso, no te lo hubiera ofrecido.

–Pues te lo agradezco mucho.

–Te transferiré el dinero a tu cuenta mañana por la mañana.

–Gracias.

Ella se quedó callada durante varios minutos.

–¿En qué piensas?

–En las mellizas y en que no podrán recordar a sus padres. Yo al menos viví catorce años con la mía y tengo recuerdos que conservaré siempre. Aunque tal vez sea mejor que hayan perdido a sus padres ahora y no dentro de cuatro o cinco años, porque así no saben lo que se han perdido.

–Que hayan perdido a Ash y Susan no significa que no tengan a unos padres que las quieran.

–¿A qué te refieres?

–Las mellizas no debieran criarse con su tío. Se merecen una familia de verdad.

Sierra palideció.

–¿Es que vas a dejarlas?

–Claro que no. Las quiero y estoy listo para sentar cabeza y fundar una familia, así que he decidido adoptarlas.

Sierra se mordió con fuerza el labio inferior para contener las lágrimas. Había querido creer que

Coop había cambiado y que sería un buen padre, pero hasta ese momento no había estado segura. Sentía que se le había quitado un enorme peso de encima; era como si pudiera respirar por primera vez después de enterarse del accidente aéreo. Ya estaba segura de que, con independencia de lo que pasara entre Coop y ella, las mellizas estarían bien. Él las quería y deseaba ser su padre.

Miró a Coop y se dio cuenta de que él la miraba con preocupación.

–Espero que esas lágrimas que estás conteniendo sean de felicidad y que no estés pensando que seré un padre terrible y compadezcas a las niñas.

–En realidad estoy pensando en lo afortunadas que son al tenerte –lo tomó de la mano–. Y en lo orgullosos y agradecidos que estarían Ash y Susan.

–Ven aquí –dijo él tirándole del brazo para que se sentara en su regazo. Ella se acurrucó en su pecho y él la abrazó con fuerza. Y cuando habló, aunque ella no le veía la cara, se le quebró la voz–. Gracias, Sierra. No sabes cuánto significa eso para mí viniendo de ti.

Ella apoyó la cara en su cuello y aspiró el aroma de su piel. ¿Cómo podía ser un hombre tan maravilloso?

–Sabes que las niñas necesitarán una madre –prosiguió él mientras le acariciaba el pelo– y cuánto te quieren –deslizó la mano hasta su mejilla–. Y también sé que me vuelves loco y cuánto te deseo.

¿Era verdad o simplemente lo decía porque ella encajaba en su nuevo plan familiar? ¿Acaso importaba? Podían ser una familia. Era lo que necesitaban las niñas.

–¿Y si no funciona?

Él le levantó la barbilla para verle la cara.

–¿No merece la pena que lo intentemos?

Claro que sí. Lo hacían por las niñas.

Se puso a horcajadas en el regazo de Coop, le tomo la cara entre las manos y lo besó. Él estaba en lo cierto: algo tan agradable no podía ser un error.

Le rodeó el cuello con las manos y le metió los dedos en el cabello mientras sentía que se liberaba de la tensión y que el vacío de su corazón volvía a llenarse. Después de un día terrible, él la hacía feliz. De hecho, no recordaba una época de su vida tan feliz como aquella con Coop y las niñas. Eso debía tener un significado. Se había esforzado en no enamorarse de él, pero tal vez hubiese llegado la hora de relajarse y dejar que la naturaleza siguiera su curso. Además, ¿cómo podía decirle que no a un hombre que besaba de aquella forma? En unos segundos, la suavidad de sus labios y la calidez de su lengua la llenaron de deseo.

Pero lo único que hacían era besarse cuando ella anhelaba mucho más, en tanto que él parecía tan contento acariciándole el pelo y las mejillas. Y cuando ella trató de avanzar y de acariciarlo, él le agarró las manos y se las llevó al pecho.

¿Se estaba echando atrás cuando ya la tenía donde quería? ¿Había decidido que en realidad no la deseaba? Era evidente que estaba excitado. Entonces, ¿por qué no iban más allá?

Ella dejó de besarlo.

–¿Qué te pasa?

Él la miró confuso.

–¿Qué me pasa?

–Sabes hacerlo, ¿verdad? ¿No será la primera vez?

Él enarcó una ceja.

–¿Es una pregunta retórica?

–No estás haciendo nada.

–Claro que sí, te estoy besando. Y quiero que sepas que me encanta. ¿Pasa algo por ir despacio? Quiero que estés segura de que deseas hacerlo.

¿Podía culparlo por ser precavido? Ella le había enviado señales contradictorias en tanto que él había tenido muy claro desde el principio lo que quería.

–Quiero hacerlo, Coop. Estoy preparada.

–¿Preparada para qué? ¿Para jugar todo el partido?

Ella no pudo evitar una sonrisa.

–Hasta el final.

Él sonrió.

–En ese caso, más vale que traslademos la fiesta a mi habitación.

Capítulo Diez

Observar a Coop mientras se desnudaba y quitarse la ropa frente a él fue la experiencia más erótica y maravillosa de la vida de Sierra. Él había insistido en que dejaran la lámpara de la mesilla encendida y ella se inquietó al pensar que tal vez no le gustara lo que iba a ver. Pero si se percató de que la tripa no la tenía tan firme como antes de tener a las mellizas o de que tenía estrías en las caderas, no lo demostró. Estaba segura de que había estado con mujeres más delgadas, con más pecho y más guapas, pero la miraba como si fuera la más hermosa del mundo.

Y parecía estar totalmente a gusto desnudo. ¿Cómo no iba a estarlo? Era perfecto de los pies a la cabeza. No tenía mucho vello, como a ella le gustaba. Y sus músculos…

–Nunca he estado con alguien tan potente.

Él se miró la entrepierna.

–Creía que estaba dentro la media.

Ella se echó a reír.

–Me refiero a tus músculos.

Él sonrió.

–Ah, era eso.

Pero ninguna parte de su cuerpo estaba dentro de la media.

–Quiero acariciarte todo entero.

–Nada más fácil –apartó las sábanas, se tumbó en la cama y dio unas palmaditas en el colchón–. Ven aquí.

Nerviosa y excitada, Sierra se tumbó a su lado. Y aunque deseaba aquello con todas sus fuerzas, cuando él comenzó a besarla, no consiguió relajarse. Sus experiencias con su novio de secundaria habían sido más torpes que satisfactorias, y las pocas relaciones que había tenido mientras estudiaba Enfermería no habían sido nada del otro mundo. Su última experiencia sexual, dieciséis meses antes con el padre de las mellizas, había sido un aquí te pillo, aquí te mato, producto de la bebida, y ambos lo habían lamentado en cuanto acabó.

Quería que el sexo fuera divertido y satisfactorio. Quería sentir que había chispa, que había conexión, que estaba intrínsecamente unida al otro, suponiendo que eso existiera. Sin embargo, cada nueva experiencia la había dejado decepcionada y vacía. Había fingido los orgasmos por cortesía al tiempo que se preguntaba si hacía algo mal.

¿Y si le sucedía lo mismo con Coop? ¿Y si tampoco ella lo satisfacía? ¿Y si no estaba a la altura de sus expectativas?

En ese estado de nervios, cuando él le puso la mano en un seno, en vez de disfrutar se puso tensa. Él dejó de besarla, se apoyó en un codo y la miró.

Ella se sonrojó. Estaba desnuda, en la cama, con un hombre guapísimo y sexy, y lo estaba echando a perder.

–Lo siento.

–¿Quieres que lo dejemos?

–No.

–Lo has hecho antes, ¿verdad? –se burló él–. No es la primera vez.

Si no fuera tan adorable, Sierra le hubiese dado una bofetada. En lugar de ello, sonrió.

–Sí, lo he hecho antes, pero probablemente no tantas veces como tú.

Él le acarició la mejilla con el ceño fruncido.

–¿Y eso te molesta?

–Claro que no, pero me preocupa no dar la talla y decepcionarte.

–Hazme caso, no lo harás.

–Pero podría suceder.

–O podría ser yo el que te decepcionara. ¿Lo has pensado? Tal vez haya estado con tantas mujeres porque lo hago tan mal que nadie quiere volver a acostarse conmigo.

Ella se echó a reír.

–Es la mayor estupidez que he oído en mi vida.

–Y que conste que no me he acostado con tantas mujeres, y no por falta de oportunidades. Soy muy selectivo a la hora de meterme con alguien en la cama.

Fuera la cantidad que fuese, a Sierra no le molestaba porque sabía que aquella vez era distinto. Coop era distinto.

–¿Qué puedo hacer para que estés a gusto, para convencerte de que el hecho de que me decepciones ni siquiera es una posibilidad remota?

–Tal vez podrías indicarme lo que te gusta.

–Que me beses. Y has dicho que me ibas a acariciar todo entero, lo cual me parece muy bien –le tomó la mano y se la llevó al pecho. Después le rozó los labios con los suyos–. Iremos despacio, ¿de acuerdo?

Ella asintió. Ya se sentía más tranquila.

Coop cumplió su palabra y le indicó exactamente lo que quería y dónde deseaba que lo acariciara, que era en todas partes, tanto con las manos como con la boca. Y al cabo de un rato de paciente enseñanza, ella ganó seguridad para experimentar por su cuenta, lo que a él pareció gustarle aún más. Y Coop no la decepcionó en absoluto, pues conocía el cuerpo femenino e hizo que se sintiera hermosa y sexy.

Cuando él extendió el brazo hacia la mesilla de noche en busca de un preservativo, ella deseaba tanto que dieran el siguiente paso que apenas pudo esperar a que se lo pusiera. Él le separó los muslos y ella contuvo el aliento. Pero él se limitó a mirarla.

–Eres muy hermosa.

–Coop, por favor –suplicó ella.

–¿Qué, Sierra? ¿Qué quieres?

A él. Lo quería a él.

Pero Coop ya lo sabía, porque su mirada de puro éxtasis cuando la penetró estuvo a punto de acabar con ella. Él gimió y le acarició el pelo antes de cerrar los ojos. Y, por fin, ella experimentó la conexión. Y fue mucho más intensa y extraordinaria de lo que había imaginado. Así tenía que ser hacer el amor. Y pasara lo que pasase entre ambos, no olvidaría aquel momento en su vida.

Después, todo se convirtió en un roce de pieles, una mezcla de respiración agitada y gemidos y una sensación de placer que iba en aumento. Ella no supo quién llegó al orgasmo primero, pero fue lo más parecido al paraíso que había conocido. Se quedaron abrazados, con las piernas entrelazadas y la respiración jadeante. Y ella sólo quiso tenerlo aún más cerca. Y aunque se hubieran fundido el uno en el otro y convertido en una sola persona, no le habría parecido suficiente.

En aquel momento se dio cuenta de la realidad como si hubiera recibido un golpe. No lo había planeado ni esperado, pero no podía negarlo.

Estaba enamorada de Coop.

Coop pensó que había deshonrado el sexo masculino.

En su vida había sido el primero en llegar al orgasmo. Siempre se había sentido orgulloso del control que mantenía. Hasta esa noche.

Al ver a Sierra retorciéndose debajo de él, al oír sus gemidos y suspiros, no había podido contenerse. Le había hecho sentir cosas que no creía ser capaz de sentir. Por primera vez en su vida, el sexo había tenido un significado. Había llegado a un grado de intimidad que no sabía que existiese.

Está recogiendo el equipaje –dijo Sierra, sentada en el asiento del copiloto, mientras guardaba el móvil en el bolso–. Tenemos que encontrarnos en la terminal C.

El vuelo de Joy se había retrasado unos minutos, así que habían estado dando vueltas en el coche mientras aterrizaba y ella recogía el equipaje.

–Me alegro de que las niñas hayan comido pronto –afirmó Sierra mirando hacia el asiento de atrás, donde estaban muy tranquilas–. Y gracias por venir a recoger a Joy.

–De nada –la tomó de la mano–. Además, te lo debía por lo de anoche.

Sierra lanzó un bufido.

–No sé por qué le das tanta importancia. Sólo debió de ser unos segundos antes que yo.

Demasiados para él.

–Nunca pierdo el control de esa manera.

–Ni siquiera me di cuenta y no lo habría sabido si no me lo hubieras dicho.

–Pues no volverá a pasar –y así había sido. No había sucedido la segunda vez ni la tercera, ni aquella mañana al despertarse, ni en la ducha.

Ella negó con la cabeza como si fuera un caso perdido.

–Los hombres y su ego. Además, me gusta haberte hecho perder el control.

–Eso me recuerda que tenemos que parar en una farmacia cuando volvamos. Hemos agotado mi reserva de preservativos.

–No tenemos que usarlos si no quieres.

–¿Tomas la píldora?

–Tengo un DIU.

Sexo sin preservativo... Parecía interesante.

Partidario del sexo seguro, por no hablar de la posibilidad de que una mujer lo atrapara mediante un embarazo «accidental», nunca había tenido relaciones sexuales sin condón, por lo que la idea despertó su curiosidad.

Él la miró sonriendo.

–Pues tenemos que probarlo, ¿no crees? Y quiero que sepas que me hago análisis regularmente.

–Yo también, por mi profesión.

–¿Qué te parece esta noche?

–¿Con mi hermana en casa?

–Lo que hagamos en la intimidad de nuestra habitación es asunto nuestro.

–¿Nuestra habitación?

–Ella dormirá en la tuya, así que es lógico que tú lo hagas en la mía. Y que sigas durmiendo allí cuando tu hermana se haya marchado.

–¿No crees que debiéramos ir más despacio?

–No parecía que quisieras hacerlo anoche.

–Tener sexo no es lo mismo que trasladarme a tu dormitorio.

–Vivimos juntos, Sierra. Donde duermas es pura logística. Estamos juntos y quiero que duermas conmigo.

Ella vaciló durante unos segundos, pero acabó asintiendo.

–De acuerdo.

Se dirigieron a la terminal C y en seguida vieron a Joy. Era una versión más alta y delgada de su hermana y tenía el mismo pelo negro, aunque más largo. A juzgar por la falda larga que llevaba, el top, las sandalias de cuero y los collares, parecía un espíritu libre, a diferencia de Sierra, muy conservadora.

–¡Ahí está! –exclamó Sierra.

Coop se detuvo frente a ella y Sierra bajó de un salto.

Coop desmontó para agarrar la bolsa de Joy. Las hermanas se habían fundido en un abrazo y tenían los ojos llorosos.

Sierra se volvió hacia él.

–Coop, te presento a mi hermana. Joy, este es Coop, mi… jefe.

Joy le estrechó la mano con fuerza.

–No sé cómo agradecerte que me alojes en tu casa y que hayas venido a recogerme.

–Espero que no te importe ir sentada un poco apretada entre las niñas.

–Es mejor que tomar el autobús.

Coop le abrió la puerta, y cuando las dos hermanas hubieron montado, colocó la maleta en el portaequipajes. Al sentarse al volante, Sierra estaba presentando a su hermana a las mellizas.

–La de la derecha es Fern y la de la izquierda, Ivy.

Joy les estrechó la mano, lo que pareció encantar a las niñas.

–Encantada de conoceros. Y también estoy encantada de conocer al hombre del que mi hermana no deja de hablar. ¿Sois ya pareja?

–¡Joy! –exclamó Sierra mientras le daba un manotazo en la pierna. Después se dirigió a Coop–. Perdónala. Dice lo primero que se le ocurre.

Aunque sólo hacía dos minutos que la conocía, Coop tuvo el presentimiento de que Joy iba a caerle bien...

–Duermes con él –dijo Joy cuando, después de acostar a las niñas, se quedaron solas en la habitación de Sierra, que había pasado a ser de Joy.

–Sí, desde anoche.

–Me lo suponía –puso la maleta en la cama y la abrió.

–Has traído mucho equipaje –afirmó Sierra cuando el contenido de la maleta estuvo en el edredón.

–El tipo con el que estaba va a fumigar la casa mientras yo esté fuera, así que me he traído todas mis cosas. ¿Te sobran perchas?

Sierra le indicó el armario.

–Están ahí.

Joy lo abrió.

–¡Por Dios! ¡Es enorme!

–Lo sé. Es veinte veces mayor que el de mi piso.

–No sabía que los jugadores de hockey ganaran tanto dinero –dijo Joy desde dentro del armario, del que salió con una docena de perchas.

–También ha tenido mucho éxito como hombre de negocios. Patrocina equipos en zonas desfavorecidas y enseña en talleres para jugadores jóvenes. Para alguien que no quiere tener hijos, hace mucho por los niños –al observar el estilo hippy y colorido de las prendas que su hermana había dejado en la cama, le preguntó–: ¿Has traído algo para el funeral?

–Nunca me pongo ropa negra.

Sierra suspiró.

–No hace falta que sea negra. Basta con que no sea de colores tan vivos. Si nada de lo que tengo te vale, podemos ir de compras mañana, después de que realices la prueba.

–Sabes que no tengo dinero.

–Pero yo sí. Coop me ha adelantado el sueldo de un mes para pagar el funeral.

–Qué amable. Supongo que no tiene nada que ver con que te acuestes con él.

Sierra la fulminó con la mirada.

–Aunque no sea asunto tuyo, me lo ofreció antes de que me acostara con él, y sólo porque me negué a que me pagara el funeral. Siempre trata de hacer cosas así.

–Vaya, será una pesadez. Yo detestaría que un hombre rico y sexy se ocupara de mí. ¿Cómo lo soportas?

Sierra le dio un azote.

–Me había olvidado de lo tonta que eres.

Joy sonrió.

–Me han dicho que es una de mis mejores cualidades.

–Ya sabes que me gusta cuidar de mí misma –afirmó Sierra.

Pero ¿cómo seguiría haciéndolo? Dado que Coop y ella ya eran pareja, ¿seguiría pagándole o esperaría que cuidara de las niñas gratis?

Era una de las muchas cosas de las que tenían que hablar; como, por ejemplo, hasta dónde quería él que llegara la relación. ¿Serían novios a perpetuidad o estaría dispuesto a casarse con ella? ¿Querría más hijos?

Ella seguía pensando que haberse trasladado a su dormitorio tan pronto no había sido buena idea. Aunque técnicamente vivieran juntos, dormir en la misma habitación sólo veinticuatro horas después de hacer el amor por primera vez, era bordear los límites de la respetabilidad.

–Tendrás que decirle la verdad –dijo Joy.

Y ése era otro problema: decirle que era la madre de las mellizas. Pero lo más difícil sería hablarle del padre.

–Se lo diré en su momento.

–Sinceramente, me sorprende que no lo haya adivinado. Son idénticas a ti.

–Ayer estuvimos en un café, y una mujer que estaba en la mesa de al lado dio por sentado que éramos los padres. Dijo que se parecían a mí, pero que tenían los ojos del padre.

–¿Qué dijo Coop?

–Supongo que no se da cuenta.

–Si quieres que vuestra relación avance, tienes que ser sincera.

–Me he enamorado de él.

Joy le pasó el brazo por el hombro.

–No puedes iniciar una relación con mentiras. Hazme caso, lo sé por experiencia propia.

Sierra apoyó la cabeza en el hombro de su hermana.

–¿Cómo me he metido en este lío?

–Él lo entenderá.

–¿Tú crees?

–Lo hará si te quiere.

El problema era que Sierra no sabía si la quería. Él no se lo había dicho, aunque tampoco ella lo había hecho. Una cosa era sentirlo y otra expresarlo, porque la asustaba lo vulnerable que sería. Sobre todo porque estaba convencida de que el afecto que él sintiera por ella se debería en parte a su deseo de que las niñas estuvieran bien. ¿La quería a ella o a la idea de lo que simbolizaba su relación? La imagen que tenía de una familia perfecta.

Si le dijera la verdad, ¿sus sentimientos hacia ella serían lo suficientemente intensos para soportar el golpe? ¿Y si no se la decía? ¿Tan mal estaría? ¿Y si saber la verdad cambiara su forma de ver la relación de ella con las niñas? ¿Y si causaba más mal que bien? Él no tenía manera de enterarse por sí mismo.

Joy le agarró la mano con fuerza como si le estuviera leyendo el pensamiento.

–Tienes que decírselo.

–Lo haré. Probablemente.

–¿Cuándo?

Cuando llegue el momento –si es que llegaba.

Capítulo Once

Sierra y Coop acababan de acostar a las niñas. Él había ido a su despacho porque llamaban al teléfono. En ese momento, Joy entró en el piso como una exhalación y gritó con toda la fuerza de sus pulmones:

–¡Lo tengo!

Había realizado la prueba aquella mañana y llevaba todo el día esperando que la llamaran deambulando por las habitaciones como un tigre enjaulado, quejándose de que no iban a llamarla y de que su carrera estaba acabada. Cuando Sierra no pudo soportarlo más, le dio dinero para que fuera a compararse un vestido para el funeral. Parecía que lo había encontrado.

–Qué rapidez –dijo mientras dejaba los biberones en el fregadero–. Enséñamelo.

–¿Que te lo enseñe? –Joy la miró confusa.

–El vestido –se volvió hacia su hermana y se dio cuenta de que no llevaba bolsa alguna.

–No tengo el vestido, sino el papel.

–Creí que, si les interesabas, te harían una segunda prueba.

–Es lo que suelen hacer, pero mi actuación los ha dejado tan impresionados que han pensado que era perfecta para el papel y me lo han dado.

–¡Dios mío! –¡su hermana iba a ser la protagonista de una película!–. ¡Es fantástico, Joy!

Se abrazaron y así las encontró Coop al volver del despacho.

–He oído gritos.

–Le han dado el papel –le informó Sierra.

–¡Estupendo! –exclamó Coop, que parecía realmente contento–. Espero que nos recuerdes cuando seas una estrella de Hollywood.

Joy rió.

–No nos adelantemos a los acontecimientos. Aunque puede que este papel me abra puertas. Empezamos a rodar a principios de agosto, en Vancouver. Y acabaremos en septiembre. ¡Me resulta increíble haberlo conseguido! –exclamó Joy emocionada.

Sierra iba a decir que había que celebrarlo cuando sonó el timbre de la puerta.

–Son Vlad y Nico –les explicó Coop mientras se dirigía a la puerta–. Son antiguos compañeros de equipo. Me acaban de llamar para decirme que venían.

Abrió la puerta para dar paso a dos rusos altos y elegantemente vestidos. Uno parecía tener la edad de Coop; el otro era más joven, de poco más de veinte años. Los dos olían como si se hubieran bañado en colonia.

Sierra oyó que Joy contenía la respiración.

–Os presento a Vlad –dijo Coop indicando al mayor de los dos–. Y este es Nico. Chicos, estas son Sierra, mi novia; y Joy, su hermana.

Los hombres no ocultaron su sorpresa. Sierra supuso que los hombres como Coop no tenían novia.

–Encantado de conocerte –dijo Vlad con mucho acento.

Niko no le quitaba ojo a Joy, que lo miraba como si fuera un jugoso filete al que quisiera hincar el diente. Si no fuera vegetariana, claro.

–Vente con nosotros –Vlad le propuso a Coop–. Hay una fiesta en casa de Web. Que vengan Sierra y su hermana.

–¿Quién es Web? –preguntó Sierra.

–Jimmy Webster –respondió Coop–. El portero de los Scorpions. Es famoso por sus fiestas. Y gracias por la invitación, chicos, pero tengo que rechazarla. Tengo que quedarme con las niñas.

–Pero ya tienen niñera.

–Soy yo la niñera –intervino Sierra. Los dos hombres la miraron con curiosidad e imaginó lo que estarían pensando: la niñera que se había enamorado del famoso deportista.

Sierra se volvió hacia Coop.

–Ve. Me quedaré yo con las niñas.

–¿Lo ves? Puedes venir –afirmó Vlad.

En lugar se ir corriendo a cambiarse, Coop le pasó a Sierra el brazo por el hombro.

–No puedo, lo siento.

A Sierra no le entusiasmaba la idea de que fuera a la fiesta, donde habría mujeres más hermosas y deseables que ella haciendo cola para ser su siguiente conquista, pero era algo a lo que debería acostumbrarse, ya que no podía esperar que él abandonara a sus amigos y la vida social porque a ella no el gustara ir de fiesta.

–De verdad que no me importa. Vete con tus amigos.

–Las fiestas de Web sirven para dos cosas: emborracharse y ligar. Ya se me ha pasado la época de ir de juerga, y la única mujer a la que deseo está aquí, a mi lado.

Ella no sabía si lo decía para no herir sus sentimientos. Parecía que hablaba en serio, lo cual le provocó una agradable sensación.

–¿Y tú? –preguntó Nico a Joy–. Ven a la fiesta.

Joy sonrió.

–Voy a por el bolso.

–No le pasará nada, ¿verdad? –le preguntó Sierra a Coop después de que sus amigos se hubieran marchado con Joy del brazo de Nico. Aunque Joy sabía cuidarse, se sentía responsable de ella.

–Esos chicos son inofensivos –le aseguró él–. Parece que Nico se ha quedado embobado con ella.

–Los hombres son incapaces de resistirse a su belleza.

–¿Por qué no nos sentamos? –Coop la empujó hacia el sofá.

–Voy a acabar primero en la cocina –había tratado de que todo estuviera ordenado hasta que Coop encontrara a otra ama de llaves, pero los detalles del funeral le habían llevado mucho tiempo, por lo que comenzaban a amontonarse las cosas y los muebles tenían una fina capa de polvo.

–Déjalo para mañana –dijo él.

–Son sólo cinco minutos –contestó ella dirigiéndose a la cocina.

Coop se sentó en su sillón preferido y encendió la televisión mientras ella ponía el lavaplatos y limpiaba las encimeras. Cuando comenzó a quitar el polvo del salón, Coop apartó la vista de la pantalla.

–¿Qué haces? Siéntate y relájate.

–El piso está sucio.

–Tendremos una nueva ama de llaves dentro de unos días –la tomó de la muñeca y se la sentó en el regazo. Le quitó la gamuza y la tiró al suelo. Después la besó suavemente en los labios–. Este rato es para nosotros.

Ella seguía sintiéndose culpable porque se hubiera quedado en casa.

–¿No estás molesto por haberte perdido la fiesta? Todavía puedes ir.

–No quiero ir. Si hubiera sido la de uno de mis amigos casados, no lo hubiera dudado, pero sólo si alguien se hubiera quedado cuidando a las niñas para que pudieras venir conmigo.

–No me gustan las fiestas.

–¿No te gustaría una fiesta de parejas casadas que, en lugar de ligar, se dedican a hablar de guarderías y de qué pañal es más absorbente?

–No hablarán de eso.

–Pues lo hacen. Te lo digo en serio. Antes me parecía una locura y un aburrimiento. Ahora lo entiendo.

–Creo que no me importaría ir a una fiesta así.

–Mis compañeros de equipo que están casados son muy hogareños, y creo que sus esposas te caerían bien. Son muy prácticas y simpáticas. En verano se reúnen para hacer barbacoas. Tenemos que ir alguna vez.

Parecía divertido. Pero había un problema.

–Has hablado de los jugadores y de sus esposas. Yo no soy tu esposa.

–Aún no, pero también hay novias.

Sierra se quedó sin respiración. ¿Había dicho «aún no», como si algún día fuera a serlo?

–No tenemos que ir forzosamente –dijo él.

–Me gustaría.

–¿Estás segura? Porque acabas de poner una cara muy rara.

–No ha sido por eso. Es que no sabía lo que pensabas... de nosotros.

Él frunció el ceño.

–No te entiendo.

–Te he dicho que no soy tu esposa y me has contestado que aún no.

–¿Me estás diciendo que no quieres serlo?

–No, claro que no. Lo que no sabía es que quisieras que lo fuera ni que desearas casarte. Pensaba que eras el eterno soltero.

–No he decidido no casarme. Para serte sincero, envidiaba a Ash por haber encontrado a la compañera perfecta y formar una pareja tan feliz. Yo no he tenido la suerte de conocer a la persona adecuada, pero, aunque aún no esté preparado para el matrimonio, al final seguro que lo estaré. ¿No es lo que todo el mundo desea?

La pregunta era si deseaba hacerlo con ella. Parecía que era lo que implicaban sus palabras. ¿Y cuánto tardaría? ¿Meses? ¿Un año? ¿Diez? Nunca había tenido una relación lo bastante seria como para plantearse casarse.

Él le acarició la mejilla y le mordisqueó la oreja, lo cual le produjo un escalofrío de placer.

–Como anoche viniste tan tarde a la cama, no pudimos comprobar lo del preservativo.

Sierra y Joy habían estado hablando hasta las tres de la madrugada, y Coop estaba profundamente dormido cuando Sierra se acostó a su lado.

–Pero ahora tenemos toda la casa para nosotros –afirmó ella sentándose a horcajadas en su regazo. Le quitó la camiseta. Era tan guapo que le resultaba difícil creer que un hombre como él la deseara. Pero por la dura protuberancia que notaba entre los muslos, evidentemente era así.

Ella se quitó la blusa y la tiró al suelo junto a la camiseta de él. Coop le puso las manos en las caderas.

–Eres la mujer más sexy del mundo –dijo él mientras deslizaba las manos hasta el sujetador y se lo acariciaba con los pulgares.

Él, desde luego, hacía que se sintiera así. Entonces, ¿por qué tenía la desagradable sensación de que no iba a durar, de que ella era una novedad para él de la que se acabaría cansando?

En cualquier caso, era demasiado tarde. Estaba atrapada. Lo amaba, y tal vez un día él aprendiera a amarla. Podrían hacer que la relación funcionase. Sería tan buena esposa y lo haría tan feliz que él no querría que se fuera.

Al menos tenía que intentarlo por las mellizas

***

Coop estaba tumbado en la cama con las piernas abiertas, las sábanas enredadas en los tobillos, la frente sudorosa y aún temblando por el orgasmo más intenso que había experimentado en su vida.

Hacer el amor con Sierra sin la barrera del látex, sentirla de verdad por primera vez, había sido la experiencia más erótica que había tenido.

–Entonces, ¿es verdad? –le preguntó Sierra sonriendo, aún a horcajadas sobre él y con las mejillas arreboladas de placer–. ¿Es mejor sin condón?

Él trató de hacer una mueca, pero se sentía tan bien, tan relajado, que no pudo.

–Eres muy mala.

La sonrisa de Sierra se hizo más ancha. Él tendría que haberse dado cuenta de que tramaba algo, cuando había insistido en ponerse encima de él, de que quería volver a humillarlo. Pero era la humillación más agradable que había sufrido.

–Me has ganado por cuánto… ¿Cinco segundos?

Coop había tenido problemas para contenerse, pero en lugar de darle un tiempo para controlarse, ella le había hecho una cosa en los pezones que lo había disparado.

Para alguien que afirmaba tener poca experiencia con los hombres, sabía muy bien lo que hacía.

–Es cuestión de principios: el hombre no debe llegar al orgasmo antes que la mujer.

–Eso es una estupidez.

–Sí, bueno. Ya verás cuanto recupere el aliento –la abrazó y la besó en la cara.

Sierra se deslizó a su lado y se acurrucó. Parecía que ése era el sitio al que pertenecía: a su lado. Él nunca se había sentido tan próximo a nadie, con una conexión tan intensa. No dudaba que sería una esposa perfecta, así como una buena madre, una buena amiga y una amante excepcional. Y sabía que, cuando conociera a sus amigos y confiara en ellos lo suficiente para bajar la guardia, encajaría perfectamente en el grupo.

Cierto que no era una buena ama de casa y que sus conocimientos culinarios se limitaban al microondas, pero podía contratar a alguien para eso. En lo que importaba, era la mujer que quería como compañera. Era predecible y no se complicaba la vida. Y adoraba a las mellizas tanto como él. Nunca se hubiera imaginado que conocería a alguien tan perfecto.

A pesar de que no creía en el destino, comenzaba a pensar que era este el que los había unido. Se parecían en muchos aspectos.

Pero ¿por qué tenía la sensación de que le ocultaba algo, de que no confiaba totalmente en él? Estaba seguro de que no era por algo que él hubiera hecho. Necesitaba tiempo para confiar en él y creerle cuando le decía que quería que la relación funcionase, que quería que fueran una familia.

Mientras la mano de ella se deslizaba por su estómago, decidió que después tendría mucho tiempo para preocuparse de eso.

Capítulo Doce

Cuando Sierra volvió del paseo matinal con las niñas, Joy estaba despierta, lo cual era una sorpresa, ya que había vuelto a las cuatro de la mañana. Estaba quitando el polvo del salón.

–No tienes que hacerlo –le dijo Sierra mientras sacaba a las niñas del cochecito.

–Alguien tiene que hacerlo.

–Ya me las arreglaré.

–Pero si detestas limpiar.

No podía negarlo. La gente solía pensar que, por su forma de ser, era Joy la que odiaba limpiar y que Sierra, la mujer responsable, quería tenerlo todos como los chorros del oro. Pues era justamente al revés.

–Si viene alguien mañana después del funeral, al menos que esté limpio –dijo Joy.

–Gracias. Estoy segura de que Coop te lo agradecerá.

–Que lo considere el pago por mi estancia aquí y por presentarme a Nico. Es adorable.

–¿Qué tal la fiesta?

–¡Estupenda! Esos tipos del hockey saben pasárselo bien.

Sierra fue a la cocina a preparar los biberones y

lanzó un grito ahogado al ver el estado impecable en que se hallaba.

–¡Por Dios! ¡Es increíble!

Joy se encogió de hombros, sin darle importancia.

–Me gusta limpiar porque me alivia del estrés.

En ese sentido se parecía a su padre. Y Sierra, a su madre, a quien le gustaba más leer o pasear por el parque. En septiembre haría doce años de su muerte, y aunque el dolor por la pérdida había disminuido, Sierra seguía echándola de menos tanto como el primer año. Añoraba sus abrazos, su voz y su naturaleza juguetona. Y esperaba ser tan buena madre y esposa como ella.

Llenó los biberones de zumo y los llevó al salón para dárselos a las niñas.

–¿La echas de menos –preguntó a Joy.

–¿A quién?

–A mamá. Hará doce años este otoño.

Joy se encogió de hombros.

–Supongo que sí.

–¿Lo supones? ¿Cómo no vas a echarla de menos?

–Tú tenías mejor relación con ella.

–Pero ¿qué dices? Claro que no.

Joy dejó de limpiar y se volvió hacia ella.

–Vamos, Sierra. La mitad de las veces ni siquiera se daba cuenta de nuestra presencia y la otra mitad se dedicaba a mimarte. Decía que os parecíais.

–Es verdad que nos parecíamos, pero no por eso te quería menos.

–¿No te molestaba que el mundo pareciera girar

en torno a ella? Papá se mataba a trabajar y ella ni siquiera le tenía la cena preparada cuando llegaba a casa. Acabábamos comiendo sándwiches o comida rápida.

–No todo el mundo sabe cocinar.

–Pero es que ella ni siquiera lo intentaba. Y el piso estaba en completo desorden. Parecía alérgica a la limpieza. Papá, en su día libre, tenía que pasar la aspiradora y recoger todo lo que tú y ella ibais dejando tirado.

A Sierra le pareció increíble que su hermana hablara así de su madre.

–Era buena madre y esposa. Papá la adoraba.

–Era una excéntrica, y papá se sentía desgraciado. Mi cama estaba al lado de la pared y los oía discutir cuando creían que dormíamos.

–Todas las parejas se pelean

–Por supuesto, pero ellos lo hacían todas las noches.

Sierra negó con la cabeza.

–No, eran felices.

–Que me creas o no, me da igual. Sé lo que oía. No dudo que papá la quisiese, pero no era feliz.

Tal vez su madre fuera un poco egocéntrica a veces, pero había querido a su familia, a todos por igual, a pesar de lo que Joy creyera. Lo había hecho lo mejor que había podido, y si eso no era suficiente para Joy, era su problema.

El móvil de Joy, que estaba en la mesa de centro, comenzó a sonar.

–¡Es Jerry! –exclamó, y Sierra recordó que se trataba del amigo con el que había estado en Los Ángeles–. ¿Has recibido el mensaje? ¡Me han dado el papel! –se sentó en el sofá y apoyó los pies en la mesa–. Es increíble. No, en agosto. Tal vez puedas hacerme una visita.

Se produjo una pausa y la sonrisa de Joy comenzó a evaporarse.

–No, no tengo ningún otro sitio en el que alojarme hasta entonces. ¿Por qué? ¿Qué significa que ella va a volver a tu casa? ¡Me habías dicho que te ibas a divorciar!

¿Otro amigo casado? Parecía que Joy tenía una fijación con los hombres que no eran libres.

Joy se incorporó de un salto gritando.

–¡Eres una canalla! Lo habías planeado antes de marcharme, ¿verdad? No ibas a fumigar. Lo único que querías era que me llevara mis cosas para que ella volviera. Anoche podía haberme acostado con un ruso que estaba buenísimo, pero te fui fiel, imbécil. Y estoy segura de que no tenía tus problemas de «rendimiento».

Joy siguió escuchando cada vez más enfadada.

–Te puedes meter las disculpas donde te quepan, canalla –cerró el teléfono y deja escapar un suspiro de rabia.

–¿Estás bien? –le preguntó Sierra.

Joy se derrumbó en el sofá.

–Ya es oficial: no tengo casa.

–¿Salías con Jerry?

–No sé si se podía decir que saliéramos. Me dejaba vivir en su casa y yo le hacía compañía. Me caía bien, pero no planeaba mi futuro con él. Es mayor para pensar en él a largo plazo.

–¿Cuántos años tiene?

–Cincuenta y dos.

Sierra la miró boquiabierta.

–¿Treinta años más que tú?

–Ya te he dicho que no íbamos a casarnos. Era conveniente para los dos. A él le gustaba tener una compañera mucho más joven para presumir de ella y a mí tener un sitio donde vivir.

–Pero te gustaba lo suficiente para serle fiel.

Joy se encogió de hombros.

–Era un buen tipo, o eso creía.

A Sierra le dio la impresión de que aquel hombre le importaba a Joy más de lo que estaba dispuesta a reconocer.

–¿Qué vas a hacer?

–Ni idea. Dejé el trabajo de camarera para venir aquí, y la película no empieza a rodarse hasta finales de agosto. Aunque pudiera encontrar otro empleo, tardaría un mes en poder pagar el alquiler de un piso.

–¿No te pueden adelantar algo de dinero?

–Es una película de bajo presupuesto. Mi sueldo apenas me servirá para cubrir las necesidades básicas.

–Entonces, ¿qué vas a hacer? ¿Quedarte en casa de algún conocido?

–Cuando te dedicas a gorronear, al final te quedas sin nadie a quien seguir gorroneando. Pero, no te preocupes –dijo mientras se levantaba del sofá y agarraba la gamuza– ya se me ocurrirá algo.

Sierra se sorprendió de que su hermana no le hubiera pedido quedarse. Tal vez hubiera sido porque sabía que ella se negaría, ya que no podía pedirle a Coop que la dejara vivir con ellos más de un mes.

Joy era una mujer adulta, así que tendría que arreglárselas sola.

Coop, sentado a la mesa de la sala de reuniones del despacho de su abogado, trataba de no perder la calma.

–Habíamos acordado un precio –dijo a su antiguo jefe, Mike Norris, el dueño de los Scorpions de Nueva York. Un precio que era dos millones menos de lo que le acababa de pedir.

El arrogante canalla se recostó en la silla con un puro sin encender entre los dientes y le dedicó una sonrisa de superioridad. A su lado se hallaba su abogado, un hombre tan obeso como el propio Mike.

–Es mi equipo y, por tanto, yo pongo las condiciones. Lo tomas o lo dejas.

Sabía cuánto deseaba Coop poseer el equipo y trataba de aprovecharse de ello. El contrato ya se había redactado, y él había ido al despacho pensando que lo firmarían. Pero a Mike le había podido la codicia. Coop tenía que haber visto venir que aquel canalla le tendería una trampa en el último momento.

Al precio convenido la semana anterior, comprar el equipo hubiera sido arriesgado, pero lo habría considerado una buena inversión. Al precio que Mike le estaba pidiendo, resultaba demasiado arriesgado. Su cartera de acciones era sólida debido a su actitud conservadora con respecto al dinero. Si se hubiera tratado únicamente de su futuro, habría mandado aquel negocio al diablo, pero tenía que pensar en las mellizas; y en Sierra, aunque dudaba que el dinero fuera la causa de sus sentimientos hacia él. De hecho, estaba seguro de que la intimidaba.

–¿Por qué vacilas, Landon? –preguntó Mike–. Sabes que lo quieres y sabemos que puedes permitírtelo. Si dudas porque crees que voy a echarme atrás, debo decirte que no va a se así. Acepta y firmemos el contrato.

Coop quería ser dueño del equipo más que cualquier otra cosa en el mundo, y renunciar a él le resultaba muy difícil, pero era lo mejor. Miró a Ben, cuya expresión denotaba que sabía lo que iba a suceder, y se puso de pie.

–Lo siento, caballeros, pero no acepto.

Mientras se dirigía a la puerta, Mike lo llamó.

–Mi oferta sólo es válida esta tarde. Mañana, el precio habrá vuelto a subir.

Aunque Coop estuvo tentado de decirle que sus amenazas se las podía meter donde le cupieran, se contuvo. Se moría por ver la expresión de Mike mientras salía por la puerta, pero no se volvió. Fue al despacho de su abogado.

Se sentó mientras respiraba profundamente y cerraba los puños. Cómo le hubiera gustado agarrar a aquel canalla por la garganta y apretar.

Minutos después, Ben entró en el despacho después de haberse despedido de los dos hombres.

–Lo siento, Coop. No tenía ni idea de lo que tramaba.

–No es culpa tuya.

–Tienes motivos para estar furioso. Sé cuánto deseabas comprar el equipo.

No se trataba de ser dueño del equipo y del dinero que le reportaría. Le importaban los jugadores. Mike era un hombre de negocios chapado a la antigua que, hasta haber comprado el equipo cinco años antes, no había visto un partido de hockey en su vida. Para él sólo se trataba de una inversión. No sabía nada del juego, y el equipo iba de mal en peor. No le importaban los jugadores, sino llenarse los bolsillos. Y los jugadores lo sabían, así como que, si Coop fuera el dueño, las cosas cambiarían y volverían a estar en la cumbre.

Coop tenía la sensación de haberlos fallado.

–No sé que voy a decirles a los chicos.

–Exactamente lo que ha pasado. Norris te ha tendido una trampa. Tendrías que haberle visto la cara cuando te has marchado. Pensó que te tenía en el bote, por lo que no me sorprendería que nos llamara dentro de un par de días para bajar el precio.

–Si lo hace, que le quede claro que no voy a pagarle ni un céntimo más del precio original.

–Tenemos que hablar de otra cosa –dijo Ben–. No quería mencionártelo antes de firmar, y ahora probablemente no sea el mejor momento después de lo que acaba de suceder…

Fuera lo que fuese, no podía ser peor de lo que acababa de pasarle.

–Dímelo.

–Me han dicho que el informe oficial del accidente del avión saldrá el lunes.

Coop sintió una fuerte opresión en el pecho.

–¿Te han contado cuál fue la causa del accidente?

–Un error del piloto.

–¡No puede ser! Están equivocados –dijo Coop mientras se levantaba de un salto.

–Según el informe había drogas en la escena del accidente.

–No me sorprendería ya que Susan se había hecho daño en la espalda la semana anterior y el dolor era tan fuerte que ni siquiera podía tomar en brazos a las niñas. Estoy seguro de que el médico lo confirmará. Y no era ella la que pilotaba el avión.

–El informe dice que había drogas y marihuana en el cuerpo de ambos.

No podía ser. Sabía que Ash y Susan fumaban porros de vez en cuando, pero su hermano no hubiera tomado nada antes de pilotar un avión.

–No me lo creo, Ben. Conocía a mi hermano y no hubiera tomado drogas antes de volar.

–Sabremos más cuando reciba una copia del informe, pero, si es verdad, se montará un escándalo. Tal vez sea mejor que te vayas de la ciudad unos días o incluso un par de semanas hasta que las cosas se calmen.

Como el trato no había salido adelante, Coop no tenía nada que lo retuviera en la ciudad y, además, le vendrían bien unas vacaciones.

–Mañana es el funeral del padre de Sierra, pero

después podría marcharme. Creo que iría a la casa de Cabo.

–¿Qué tal van las cosas con Sierra?

–Bien, mejor de lo que me esperaba.

–¿Ah, sí? ¿Mucho mejor?

Coop esbozó una sonrisa.

–Hace dos días que se trasladó a mi dormitorio.

–Recuerdo perfectamente que me dijiste que no ibas a acostarte con ella.

–No fue premeditado. Es que es una mujer... extraordinaria.

–Entonces, ¿va en serio?

–Creo que sí. Ella es todo lo que deseo en una mujer, pero antes no me había dado cuenta.

Ben sonrió.

–No sabía que eras un romántico, Coop.

–Quién lo hubiera dicho, ¿verdad? Pero es inteligente, divertida y guapa, y las niñas la adoran. Y parece que mi dinero no le importa en absoluto.

–¿Empiezo a redactar el contrato prematrimonial?

–No nos precipitemos –además no se imaginaba que Sierra fuera a firmarlo, porque para ella sería como decirle que no confiaba en ella. Él sabía juzgar a las personas, y estaba seguro de que ella no iba a engañarlo.

Ben lo miró con preocupación.

–Vais a firmar un contrato prematrimonial, ¿verdad? Suponiendo que finalmente os caséis.

–Me voy a casar con ella, pero en cuanto al contrato... No creo que sea necesario. Sierra no busca mi dinero.

–Puede que ahora no…

–Confío en ella, Ben.

–No se trata de confiar, sino de protegeros en caso de divorcio.

–Eso no sucederá. Ella es para mí.

–Uno de mis socios está especializado en divorcios y te podría contar historias terroríficas…

–No nos pasará a Sierra y a mí. Los dos procedemos de familias estables. Sus padres y los míos estuvieron felizmente casados. Solucionaremos los problemas que tengamos.

–Estás racionalizando.

–Soy realista.

–Yo también.

–El mero hecho de pedir que lo firmara lo consideraría una traición, porque pensaría que no me fío de ella.

–Si tenéis una relación tan maravillosa, creo que lo entendería. Lo mínimo que puedes hacer es preguntárselo. Prométeme que, al menos, lo pensarás.

–Lo haré. Pero ya te he dicho que no tenemos planes inmediatos para la boda. Ni siquiera me he declarado aún.

–Pues tenlo en cuenta cuando lo hagas.

En cierto modo, Coop hubiera deseado no haberle dicho nada a Ben sobre la boda. Tras el fracaso del trato, el informe del accidente y la conversación con Ben sobre el contrato prenupcial, salió del despacho muy deprimido.

Lo único positivo era que las cosas no podían empeorar mucho más.

Capítulo Trece

Coop tomó un taxi para volver a casa y se bajó una manzana antes de llegar para comprarle a Sierra un ramo de flores. Recordó que no habían tenido ocasión de celebrar que a Joy le habían dado el papel y compró otro para ella. Caminó hasta su casa, y el sol, que le daba en los hombros y la espalda, fue aliviando la tensión que sentía, lo cual hizo que le resultara aún más atrayente pasar un par de semanas en un lugar soleado. Si se marcharan el domingo, estarían fuera cuando la noticia sobre el informe apareciera en los medios de comunicación.

El portero lo saludó al entrar y Coop tomó el ascensor. Abrió la puerta del piso y aspiró un delicioso olor, demasiado bueno para proceder de algo que estuviera en el microondas. Dejó las llaves en la mesa del vestíbulo y entró en el salón. Y se dio cuenta de que no sólo alguien estaba cocinando, sino también de que alguien había hecho la limpieza. El piso estaba impecable.

Sierra llegó por el pasillo y se sobresaltó al verlo.

–Hola, no te había oído entrar.

Al verla, su estado de ánimo mejoró instantáneamente y sonrió.

–Acabo de llegar.

–Acabo de acostar a las niñas –miró las flores que él tenía en las manos–. Qué bonitas.

–Un ramo es para ti –dijo él mientras le daba el más grande.

–Gracias –se puso de puntillas y lo besó–. No recuerdo cuándo fue la última vez que me regalaron flores.

–El otro es para Joy, para felicitarla. ¿Está aquí?

–Ha ido al mercado. Volverá pronto. Mientras tanto voy a ponerlas en agua.

–Hace mucho calor fuera.

–Lo sé. Ya hacía calor pegajoso esta mañana cuando fuimos a pasear. ¿Tienes un jarrón?

Él se encogió de hombros.

–Si lo hay, no tengo ni idea de dónde estará.

La siguió a la cocina y ella comenzó a buscar algo para poner las flores.

–¿Qué estás haciendo que huele tan bien?

–Es un guiso mejicano, pero no lo he preparado yo, sino Joy. Pero te advierto que es un guiso vegetariano.

A Coop le daba igual si estaba bueno. Abrió la nevera y agarró una cerveza. Se percató de que alguien incluso había sacado la comida que comenzaba a caducar.

–Por cierto, el piso está estupendo.

–También gracias a Joy. Se ha pasado toda la mañana limpiando como una posesa.

Coop tomó un gran trago de cerveza.

–No me parecía que le gustara limpiar.

–Sí, al mirarla nadie lo diría, pero le gustan las tareas domésticas mucho más que a mí –afirmó Sierra mientras rebuscaba en los armarios–. Dice que le sirven para combatir el estrés. Y hoy ha estado muy estresada.

–¿Está nerviosa por lo del papel?

–No. Parece que el tipo con el que vivía, mucho mayor que ella, ha decidido volver con su esposa, así que Joy se ha quedado sin casa en Los Ángeles.

–¿Qué va a hacer?

Sierra se encogió de hombros.

–Tiene veintidós años, así que ya es hora de que asuma responsabilidades. No puede seguir siendo una niña irresponsable.

Aunque Joy fuera imprudente, era su hermana. Y Coop sabía por propia experiencia que perseguir un sueño requería sacrificios, y parecía que el papel en aquella película era la oportunidad que Joy había estado esperando. Sabía que Sierra no podía ayudarla y que nunca le pediría que lo hiciera él. Pero podía ayudarla. De hecho, se le había ocurrido cómo hacerlo sin que lo pareciera.

Sierra por fin encontró los floreros al fondo de un armario y sacó dos.

–Estos valdrán.

Los puso en la encimera y se volvió hacia él.

–Casi se me olvida. ¿Qué tal la reunión?

–El trato no se ha concretado.

–¿Qué? ¿Qué ha pasado?

Se lo contó.

–Ben cree que se lo va a pensar, pero yo no estoy tan seguro.

–Lo siento mucho, Coop. Sé lo mucho que lo deseabas.

–Lo que más me preocupa son los jugadores. Desde que Norris lo compró, el equipo va de mal en peor. Contaban conmigo para que las cosas mejoraran.

–Son tus amigos y te respetan. Estoy segura de que lo entenderán.

–Eso espero.

Mientras llenaba los floreros de agua, Joy entró cargada de bolsas. Coop dejó la cerveza y se apresuró a ayudarla.

–Espero que Sierra te haya dado dinero para pagar todo esto –dijo mientras llevaba varias bolsas a la cocina.

–Como estoy sin blanca y he dejado de robar en las tiendas –afirmó ella dejando otras en la encimera– no ha tenido más remedio que dármelo.

–Mira lo que te ha traído Coop –dijo Sierra mientras ponía el ramo de Joy en agua.

–Qué amable –Joy se inclinó para oler las flores–. Son preciosas, gracias.

–Las había comprado para felicitarte por conseguir el papel, pero creo que mejor te las regalo en señal de agradecimiento por limpiar el piso y hacer la cena.

–Es lo menos que puedo hacer. Además –añadió mientras miraba a su hermana con ironía– ya te habrás dado cuenta de que mi hermana no es muy buena ama de casa ni cocinera.

Sierra le dio una palmada en el brazo.

–Pues echemos una ojeada al estado de tu cuenta bancaria y veamos si has pagado el alquiler.

–Para pagar el alquiler, primero tengo que encontrar un sitio para vivir.

–Sierra me ha dicho lo que ha pasado y supongo que no vas a volver a Los Ángeles –intervino Coop.

–Sinceramente, no sé lo que voy a hacer. Querría volver, pero supongo que tengo más posibilidades de encontrar trabajo aquí.

–¿Puedo ofrecerte una tercera opción?

Joy se encogió de hombros.

–Estoy abierta a cualquier sugerencia, llegados a este punto.

–Entonces, ¿qué te parece México?

–Te crees muy listo, ¿verdad? –le dijo aquella noche Sierra a Coop desde la cama.

Coop se asomó por la puerta del baño con el cepillo de dientes en la boca.

–¿Por qué? ¿Porque me estoy lavando los dientes? –preguntó con la boca llena de pasta dentífrica.

Ella lo fulminó con la mirada.

–Por lo de las dos semanas en México.

Él sonrió.

–Ah, eso.

Coop terminó de lavarse y salió.

–Sabías que Joy no tenía adonde ir –dijo Sierra–. Y en vez de dejar que solucionara ella el problema…

–Debo alegar en mi defensa que ya había planeado el viaje y que la hubiese invitado a venir con nosotros aunque tuviera un sitio para vivir en Los Ángeles –se sentó en el borde de la cama para desatarse los cordones de los zapatos–. Pero, en efecto, trato de ayudarla. ¿Qué tiene de malo?

–Me preocupa que no aprenda a ser responsable y a cuidar de sí misma.

–Parece que hasta ahora le ha ido bien. Y perseguir un sueño requiere sacrificios. Lo sé por propia experiencia.

Tal vez Coop tuviera razón. Además, así podría pasar más tiempo con Joy, porque ¿quién sabía cuándo volverían a hablar?

Él se quitó los zapatos y los calcetines. Después se sacó la camisa por la cabeza y se quitó los pantalones y los boxer.

Estaba tan guapo desnudo que Sierra pensó que era una lástima que no pudiera andar así todo el día.

Él recogió la ropa y la puso en la cesta de la ropa sucia. Después se metió en la cama. Pero en lugar de abrazar a Sierra y besarla, se puso frente a ella y la miró con expresión preocupada. Había estado muy callado esa noche, y ella se imaginaba lo que le pasaba, pues le había dicho que el informe del accidente iba a salir y lo que contenía. Y aunque lo había notado alterado, él no había querido hablar de ello, quizá porque Joy estaba delante o porque no le apetecía. Tal vez hubiera llegado el momento de hacerlo.

Ella se dio la vuelta hacia él y le preguntó:

–¿Estás pensando en Ash y Susan?

–No dejo de pensar que tiene que haber un error.

Sierra no quería creer que la gente a la que había

confiado a sus hijas fuera tan irresponsable, pero los hechos eran incuestionables. Si el informe afirmaba que habían tomado drogas, lo habían hecho.

–Conocía a Ash y no hubiera hecho nada semejante –dijo Coop.

Pero Sierra estaba segura de que no lo sabía todo acerca de su hermano. Todo el mundo tenía secretos y hacía cosas de las que no se sentía orgulloso. Todos cometían errores.

–Si se hubiera debido a un fallo del avión o a las condiciones meteorológicas, pero… ¿a un error del piloto? Carece de toda lógica. ¿Cómo iba a hacerle algo así a Susan y a las niñas?

–¿Y a ti?

–Sí, y a mí. Después de todo lo que sufrimos tras perder a nuestros padres, ¿por qué querría hacerme sufrir de nuevo? Estoy tan enfadado…

–Yo sentí lo mismo con respecto a mi madre.

–Pero ella se puso enferma. No pudo evitarlo.

–De hecho, pudo hacerlo. Joy no lo sabe y no quiero que lo sepa, pero unos meses después del funeral oí una conversación entre mi padre y su hermana. Dos años antes, mi madre había tenido un quiste en el pecho que resultó ser benigno. Así que, cuando le salió otro bulto, supuso que también lo era.

–Y no fue así.

Ella negó con la cabeza.

–Cuando por fin fue al médico, ya se había producido metástasis y el cáncer se le había extendido a los pulmones y los huesos. No pudieron hacer nada por ella.

–¿Y si hubiera ido en cuanto se descubrió el bulto?

–Hubiera habido un setenta y tres por ciento de posibilidades de que siguiera viva. Me enfadé mucho con ella, pero eso no iba a servir para devolvérmela, sino únicamente para que me sintiera desgraciada –le puso la mano en el brazo–. Estoy segura de que tu hermano no subió al avión pensando que sucedería una tragedia. La gente comete errores.

–Ven aquí –dijo él abrazándola contra su pecho.

Ella cerró los ojos y apoyó la cabeza en su hombro.

–Quiero que esto termine para seguir adelante –afirmó él.

Él ocultó la cabeza en el cabello de ella abrazándola con fuerza.

–Era lo único que me quedaba.

–Tienes a las niñas. Y te necesitan.

–Y yo a ellas. Soy mejor persona gracias a ellas.

Ella se separó para verle la cara

–Has dicho antes que te preocupaba que Ash y Susan se sintieran decepcionados, pero has hecho un gran trabajo con las niñas. Tu hermano y su esposa estarían orgullosos de ti –no podía imaginarse separada de las niñas, pero si eso sucediera, sabía que estarían bien cuidadas. Coop sería un buen padre, lo cual era otra razón para no decirle la verdad. No quería que sus sentimientos cambiaran.

–Probablemente sea el momento menos adecuado para preguntártelo, pero ¿qué opinas de los contratos prematrimoniales?

–No tengo una opinión definida. Nunca he estado a punto de casarme y, aunque así hubiera sido, los hombres con los que he salido no estaban precisamente forrados.

–¿Y si te pidieran que firmaras un contrato de esa clase?

Coop parecía inquieto, como si no quisiera hablar de aquello. Como había visto a su abogado aquella mañana, ella supuso que se habría planteado el tema, lo que implicaba que estaba hablando de casarse con ella con otras personas. Eso era una buen señal, ¿no?

–Supongo que dependería de quién me lo pidiera.

–¿Y si fuera yo?

–Te diría que sí.

–¿Y no te enfadarías ni te dolería?

–Teniendo en cuenta tu fortuna, pensaría que eres tonto si no me lo pidieras. Y aunque tal vez no te hayas dado cuenta, no me interesa tu dinero.

Él sonrió.

–¿Te he dicho alguna vez que eres una mujer increíble?

Si Coop supiera la verdad, quizá no pensara lo mismo. El asunto de su hermano no sería nada comparado con lo que supondría que le contara la verdad. Lo que no sabía no podía hacerle daño. Por tanto, ¿qué había de malo en guardar un secreto que él no podía descubrir en modo alguno? ¿Para qué arriesgarse, cuando las cosas iban tan bien?

Entonces, ¿por qué se sentía culpable? ¿Conseguiría llegar a estar totalmente tranquila con él o siempre experimentaría aquella molesta sensación de que había algo pendiente entre ellos?

Pero Coop la atrajo hacia sí, la besó en los labios, descendió por su cuello hasta los senos y le despertó la pasión. Como él había dicho, nada que fuera tan agradable podía estar mal. Y había cosas que era mejor no decir.

El mes anterior había sido el más dichoso de la vida de Sierra. El chalé de Coop frente a la playa en Cabo San Lucas era un oasis. Y haberse alejado de Estados Unidos y de los medios de comunicación contribuyó a reducir el impacto de la salida del informe, que fue tan malo como Ben había predicho.

Coop y ella pasaban el día paseando por la playa u holgazaneando en la piscina, y las mellizas parecían sirenitas, con sus bañadores y flotadores idénticos. Les encantaba el agua, y con el sol y la actividad, estaban tan agotadas al final del día que comenzaron a dormir sin despertarse en toda la noche.

A los pocos días de llegar conocieron a una joven pareja de Ámsterdam, Joe y Trina, que habían alquilado un chalé cerca del suyo y que tenían un hijo de la edad de las mellizas. Durante la semana siguiente, los padres y los niños se hicieron inseparables. Coop y Joe iban a jugar al golf mientras Sierra y Tina jugaban con los niños en la piscina o iban de compra al pueblo. La semana acabó y Joe y Trina tuvieron que marcharse, con gran pesar por parte de todos.

Sierra esperaba poder estar con su hermana, pero Joy conoció a un hombre y pasaba con él la mayor parte del día.

Cuando las vacaciones estaban a punto de acabar, nadie quería marcharse. Y como nada urgente esperaba a Coop en Nueva York, les propuso que se quedaran una semana más. Las tres semanas se convirtieron en cuatro, y cuando emprendieron el viaje de regreso, sin Joy, que se quedaría allí hasta que tuviera que ir a Vancouver, el mes de julio estaba a punto de terminar.

Vivir con Coop era mejor de lo que Sierra hubiera imaginado, y se sentía más feliz que nunca. Pero a pesar de la intimidad que había entre ambos, ella seguía ocultándole algo. Quería a Coop, pero seguía sin decírselo. Claro que él tampoco lo había hecho ni había vuelto a mencionar el tema de casarse, pero le había demostrado lo que sentía por ella de mil maneras distintas.

No podía esperar que alguien como él, que no había tenido una relación estable en su vida, se declarara locamente enamorado en los primeros meses. Esas cosas requerían tiempo. Y tal vez ella no le confesara su amor porque no quería presionarlo para que expresara sentimientos de los que no estaba seguro. O tal vez fuera por el secreto que no se atrevía a revelarle.

–¿Qué te parece ésta? –le preguntó Coop una semana después de volver de México. Estaban pensando en comprar una casa con jardín y piscina para que las mellizas disfrutaran de ella y del sol, que tanto parecían echar de menos desde la vuelta. Las niñas dormían y él había llamado a Sierra para que fuera a su despacho. La sentó en su regazo para que pudiera ver la pantalla del ordenador.

–Acaba de salir a la venta y la persona de la agencia cree que el precio es muy bueno para la zona y que no estará disponible mucho tiempo.

La casa era magnífica: grande, bonita y moderna, y con todas las comodidades que buscaban. Pero Sierra se quedó muda al ver el precio.

–Es muy cara.

–Es la mitad de lo que me costó este piso. Y cuando nos instalemos en ella, pondré a la venta el piso. Así que saldré ganando. Pueden enseñárnosla esta tarde. Lita puede quedarse con las niñas un par de horas.

Lita era la nueva ama de llaves que Coop había contratado justo antes del viaje. Había cuidado el piso mientras estaban fuera. Las niñas la adoraban. Su inglés no era muy bueno, pero el piso estaba muy limpio, cocinaba bien y tenía muy buena disposición. Y, al haber criado a cinco hijos, también era buena niñera.

–A no ser que no te guste la casa –prosiguió Coop– en cuyo caso seguiremos buscando.

–Es muy bonita, pero mi opinión no importa, ya que eres tú quien la comprará.

–No, nosotros la compraremos. Será tu casa tanto como la mía.

Ella deseó que fuera cierto, pero, hasta que estuvieran casados, el dinero era de él.

–No me crees –dijo él.
–No tiene nada que ver con eso.
–Entonces no confías en mí.
–Tampoco se trata de eso. Vivimos juntos, pero técnicamente somos novios. Si compras una casa, será tuya.
–Porque no estamos casados.
Ella asintió.
–Entonces deberíamos casarnos.
Sierra tardó unos segundos en asimilar lo que le había dicho. ¿Le acababa de pedir que se casara con él? No sabía qué decir. ¿Era una petición en regla o una sugerencia?
–¿Te niegas?
¡Por Dios! Se lo estaba pidiendo y esperaba una respuesta.
–Claro que no, pero...
–Mira –dijo él mirándola a los ojos y tomándola de las manos–. Sé que esto te resulta difícil y que tiene problemas para confiar en mí. He intentado darte espacio y no agobiarte, pero me estoy cansando de contenerme. Te quiero, Sierra. Sé que sólo han pasado dos meses, pero han sido los más felices de mi vida. Quiero casarme y pasar la vida entera contigo. Quiero que adoptemos juntos a las niñas y que formemos una familia de verdad. No me importa que sea el mes que viene o el año que viene. Lo único que quiero saber es si tú también lo deseas.
Más de lo que se podía imaginar.
–Lo deseo, pero no sabía que tú sentías lo mismo. Me enamoré de ti cuando nos besamos por primera

vez. No te he dicho nada porque tampoco yo quería agobiarte. Y mis problemas de confianza no tienen que ver contigo.

El sonrió y la rodeó con los brazos.

–Parece que ha habido un fallo de comunicación entre nosotros.

Ella le rodeó el cuello con las manos.

–Eso parece.

–Vamos a prometer que, de ahora en adelante, nos contaremos lo que sentimos y no nos ocultaremos nada.

–Me parece buena idea.

Él la besó con dulzura.

–Entonces, si tu respuesta no es negativa…

–Sí, me casaré contigo.

Él la abrazó con fuerza.

Ella quería a Coop y deseaba casarse con él más que nada en el mundo. Pensó en lo que le había dicho Joy, que no podía basar una relación en una mentira. Pero la verdad podía separarlos para siempre.

Capítulo Catorce

Las cosas iban deprisa, aunque a Coop le gustaba que fuera así. Se dio la vuelta en la cama y extendió la mano hacia Sierra, pero no estaba. Miró el reloj y vio que eran casi las nueve, lo que implicaba que ella y las niñas estarían dando el paseo matinal. Tenía que levantarse porque le esperaba un día atareado. Tras una semana de negociaciones, esa mañana sabrían si los vendedores de la casa les habían hecho una oferta razonable. Después de comer tenían una reunión con quien se encargaría de organizar la boda y después irían a comprar el anillo.

Coop se levantó y se duchó. Al ir a la cocina se sorprendió al ver a Lita en el salón jugando con las niñas.

–Buenos días, Lita. ¿Dónde está la señorita Evans?

–Buenos días. Tenía una cita. Me ha dicho que le ha dejado una nota en su escritorio.

–Gracias.

Besó a las niñas, se sirvió un café y se lo llevó al despacho.

La nota de Sierra decía que Ben había llamado y que necesitaba hablar con él lo antes posible. El abogado estaba redactando un contrato prematrimonial. Coop no quería, pero Sierra había insistido.

Se sentó a su escritorio y marcó el número de Ben.

–¿Estás sentado? –le preguntó Ben.

–Sí, ¿por qué?

–El abogado de Mike Norris me ha llamado esta mañana para llegar a un acuerdo.

–¿Le has dicho que no voy a aceptar ninguna subida?

–Ya lo sabe. Parece que Mike quiere vender porque los jugadores no le han puesto las cosas fáciles.

–¿Cuándo quieren que nos veamos?

–Mañana a las tres.

–Que sea a las once. Así, cuando el trato se haya cerrado, tú y yo iremos a comer para celebrarlo.

–Se lo diré. Si vienes un poco antes, podrás echar un vistazo al borrador del contrato prematrimonial.

Coop colgó sonriendo. Parecía que Norris estaba dispuesto a aceptar su oferta. Todo comenzaba a cuadrar, personal y profesionalmente. Casi era demasiado bueno para ser verdad.

Echó una mirada a las cajas alineadas a lo largo de la pared que la madre de Susan le había enviado después de recoger las pertenencias de Ash y su hija. Eran cosas que creía que Coop querría. Hasta entonces, él no se había sentido con fuerzas para verlas.

Agarró una de las cajas y la puso sobre el escritorio. La abrió. En su interior había fotos. Las fue sacando una a una: Ash, Susan y las niñas; Ash y Coop con sus padres de vacaciones; Ash y Coop el día en que Coop acabó la escuela secundaria y cuando se graduó en la Universidad...

En el fondo de la caja halló un cuaderno sobre las niñas. Al principio había páginas y más páginas de información prenatal, que supuso que había escrito la madre biológica. Después, una sección sobre los primeros meses, que había escrito Susan.

Se prometió que, desde ese mismo día, registraría toda la información que le fuera posible sobre los meses que faltaban y mantendría el cuaderno al día. Estaba seguro de que Sierra lo ayudaría y de que se acordaría de más detalles que él.

Impulsado por la curiosidad sobre la madre biológica de las mellizas, fue al principio del cuaderno. No figuraba su nombre, lo cual no era de extrañar, y sólo había fotos de ella embarazada en las que se la veía del pecho hacia abajo. Pero al hojear las páginas, tuvo la sensación de haber leído aquello antes. Le resultaba tremendamente familiar. Pero era la primera vez que veía el cuaderno. Entonces, ¿por qué le resultaba conocido lo que en él había?

Se dio cuenta de repente, y se quedó sin aliento. Era imposible.

Agarró la nota que Sierra le había dejado y comparó la escritura con la del cuaderno. Estuvo a punto de vomitar el café. Eran idénticas.

Sierra, la mujer a la que amaba y con quien pensaba casarse, era la madre biológica de las niñas.

Sierra abrió la puerta del piso con el pelo pegado a la frente sudorosa. Hacía un calor pegajoso y húmedo. Fue a la cocina, se sirvió un vaso de agua de la nevera y se lo tomó de un trago. Después fue a buscar a Lita y las niñas, que estaban en la habitación de éstas.

–Ya he vuelto, Lita. ¿Está el señor Landon?

–En su despacho. Quería hablar con él, pero está enfadado.

Eso significaba que habían rechazado la oferta que había hecho por la casa. Era su preferida, por lo que se sentiría decepcionado.

Fue al despacho y llamó a la puerta.

–Entra.

Abrió la puerta y entró. Él estaba mirando por la ventana con las manos metidas en los bolsillos.

–Hola, ¿va todo bien? Lita me ha dicho que pareces enfadado.

–Cierra la puerta –contestó él sin mirarla.

Era evidente que algo andaba mal. Ella cerró la puerta.

–¿Qué pasa, Coop? ¿Han rechazado la oferta por la casa?

–Aún no han llamado. He empezado a abrir las cajas con las cosas de Ash.

–Ha debido de ser duro.

–He encontrado fotos y el cuaderno de las niñas. Está en el escritorio.

Ella se dirigió hacia el mueble, donde, al lado de una fotos enmarcadas, estaba el cuaderno que llevaba siete meses in ver.

–He señalado la página que más me gusta. Échale un vistazo.

Ella agarró el cuaderno y buscó la página, que estaba señalada con la nota que había escrito esa mañana. Vio la escritura de la nota y la de la página, y se le hizo un nudo en el estómago. Tuvo que sentarse en una silla.

Alzó la vista y vio que Coop se había dado la vuelta y la fulminaba con la mirada. Había tanta frialdad en sus ojos que ella casi se estremeció.

–Es tu escritura. Eres la madre de las mellizas.

Ella cerró los ojos y tomó aire. Joy tenía razón: tenía que habérselo dicho.

–¿No tienes nada que decir? –la ira que se adivinaba en su interior hizo que el corazón le dejara de latir.

–Puedo explicártelo.

–No te molestes. Querías recuperar a las niñas, pero yo me negué a entregártelas y sabías que un juez no te las daría. Así que decidiste infiltrarte en mi casa para demostrar que no estaba capacitado para cuidarlas.

–No, Coop…

–Entonces te diste cuenta de la buena vida que podías tener siendo mi esposa, así que me sedujiste.

–No fue así. Necesitaba estar segura de que estaban bien. Tu reputación… No sabía qué clase de padre serías. Tenía miedo. Pensé que me necesitaban. Te juro que mi intención era únicamente ser su niñera. Y no quería nada de ti, ya lo sabes.

–¿Ibas a decirme la verdad?

–Me daba miedo.

–¿Porque creíste que me enfadaría, que me sentiría traicionado? Pues estabas en lo cierto.

–No fue por eso, al menos no del todo. Temía que cambiaran tus sentimientos hacia las mellizas. Eres muy bueno con ellas y la quieres mucho. Y también tus sentimientos hacia mí.

–¿Así que ibas a mentirme el resto de nuestras vidas?

–No te imaginas lo difícil que me ha resultado no decirte la verdad. Y si hubiera creído que la entenderías, te la habría dicho el primer día. Pero ponte en mi lugar. No te conocía. Lo único que sabía lo había leído en la prensa. Ni siquiera sabía que quisieras cuidar de las mellizas, ya que pensabas que, técnicamente, no estaban emparentadas contigo.

–¿A qué te refieres con eso?

Sierra se maldijo por haber dicho las últimas palabras.

Una cosa era no decírselo, y otra, mentirle sobre ello. Además, algún día le preguntaría por el padre biológico.

–Eres el tío de las niñas, Coop.

–Eso ya lo sé.

–No, me refiero a que eres su tío biológico. Ash no era el padre adoptivo de las niñas, sino su padre biológico.

La habitación pareció comenzar a dar vueltas y Coop se agarró al borde del escritorio.

–¿Te acostaste con mi hermano?

–Sí, pero no es lo que crees.

–No tienes ni idea de lo que creo.

–Por favor, déjame explicártelo.

Nada de lo que ella le dijera eliminaría la náusea que sentía. Ash había engañado a Susan. Además de ser responsable de la muerte de su esposa y de la suya propia, Ash, al que Coop consideraba incapaz de hacer algo reprobable, había sido adúltero. Le pareció que todo lo que sabía de su hermano era mentira.

–Lo conocí en un bar.

–Ash no iba a bares.

–Yo tampoco, pero acababa de meter a mi padre en la residencia y me sentía fatal. No me apetecía estar sola en casa, así que entré a tomar algo. Me senté a su lado y nos pusimos a hablar. Me dijo que estaba allí porque su esposa y él se iban a separar. Me contó que llevaban años intentando ser padres y que, tras el último intento fracasado, ya no podían más.

Coop sabía de aquellos intentos, pero Ash nunca le había hablado de su influencia negativa en el matrimonio.

–¿Por qué no me lo dijo?

–No lo sé, tal vez le diera vergüenza. Quizá fuera más fácil contárselo a una desconocida. Lo que sé es que acababa de salir del despacho de su abogado y que iban a firmar los papeles al día siguiente. Si no me crees, seguro que su abogado te lo confirmará.

–Así que os conocisteis en un bar…

–Hablamos mucho rato, bebimos demasiado y acabamos en mi casa. Fue un error. Lo supimos inmediatamente. Me llamó por teléfono al día siguiente para disculparse y decirme que lo ocurrido le había servido para reflexionar. Susan y él habían vuelto a hablar e iban a tratar de seguir juntos. Me suplicó que no le dijera nada a ella, cosa que yo no pensaba hacer. Me había parecido un tipo estupendo y me puse muy contenta por él. Un par de semanas después descubrí que estaba embarazada. Hablé con él, y se quedó destrozado. Deseaba un hijo desesperadamente, pero para formar parte de su vida, tendría que confesarle a Susan lo que había hecho, lo que destruiría su matrimonio.

–Ash nunca se hubiera negado a hacerse responsable de su hijo.

–Si las cosas estaban tan mal, ¿por qué no le había pedido ayuda a él?

–Para mí era una época terrible para tener un hijo. Apenas me llegaba el dinero a fin de mes, y tendría que haberlo llevado a la guardería mientras trabajaba. Comencé a pensar en darlo en adopción antes de saber que esperaba mellizas. Sabía que no podía quedarme con ellas porque no les podría dar la vida que se merecían. Pero sabía quién podía hacerlo. Pensé que si no podían estar con su madre, al menos, estarían con su padre.

–Entonces ¿por qué tuvo Ash que adoptar a sus propias hijas?

–Para que Susan no supiera lo que había pasado. Temía perderla.

–Y tú estuviste de acuerdo. Renunciaste a tus hijas para salvar el matrimonio de alguien a quien prácticamente no conocías.

–No tenía otra elección. Era una situación imposible. Sin ayuda de Ash, yo no podría mantenerlas, y él no podía ayudarme sin arruinar su matrimonio. Renunciar a ellas fue lo más difícil que he hecho en mi vida, pero era lo mejor para las niñas.

–Te alegrarías mucho al enterarte de que el avión se había estrellado, pues te daba la oportunidad de volver a estar con ellas.

Los ojos de Sierra se llenaron de lágrimas.

–Es terrible lo que dices. Y no es verdad.

–¿Sabes lo que me resulta irónico? He sabido desde el principio que algo iba mal y creí que era porque no confiabas en mí, cuando resulta que tú has sido la única que ha mentido, la única en quien no se podía confiar.

–Sé que he hecho mal al mentirte, pero no tenía más remedio. No contaba con enamorarme de ti. Me resistí, ya lo sabes.

–O eso era lo que querías que creyera.

–Es la verdad.

–¿Qué más da? Se ha acabado. No podré confiar en ti de nuevo.

Ella bajó los ojos.

–Lo sé, y lo siento.

–Y pensar que estaba dispuesto a casarme contigo sin contrato prematrimonial. ¿Y si se hubieran casado? ¿Y si hubieran tenido un hijo? Se le revolvieron las tripas al pensarlo.

–No te merecías esto –dijo ella–. Te quiero.

Ella se levantó. Estaba muy pálida y parecía que fuera a vomitar o a desmayarse.

–Voy a hacer las maletas.

Él se echó a reír.

–¿No creerás que te vas a librar tan fácilmente y que voy a consentir que dejes a tus hijas?

Ella lo miró sorprendida.

–Pero, creí…

Aunque piense que eres despreciable, ellas te necesitan. ¿Crees que voy a privarlas de su madre? Pero ni se te ocurra pensar que eres algo más que una empleada en esta casa.

–¿Quieres que me quede?

–Como es evidente, volverás a tu habitación. Y te trataré como a una empleada. Y te bajaré el sueldo.

–¿No crees que se creará una situación embarazosa si me quedo?

–Cuento con ello. Será la pesadilla que describiste al enumerar las supuestas razones por la que no querías comprometerte conmigo. Vas a vivir aquí y yo seguiré con mi vida.

–¿Y si me niego?

–No volverás a ver a tus hijas. Y tendrás que vivir sabiendo que las abandonaste dos veces.

Ella tragó saliva y los ojos se le volvieron a llenar de lágrimas, pero no podía compadecerse de sí misma. Le había hecho sufrir y él iba a pagarle con la misma moneda.

–Muy bien –afirmó ella tratando de reunir fuerzas–. Creo que no tengo más remedio que quedarme.

Capítulo Quince

Después de pensarlo mucho, Coop había llegado a la conclusión de que era idiota.

Estaba en su despacho mirando por la ventana sin ver, carente de toda motivación para hacer otra cosa que no fuera compadecerse de sí mismo. Las dos semanas anteriores habían sido las más largas y tristes de su vida. Haber creído que hacer sufrir a Sierra le depararía alguna clase de satisfacción había sido un error. Quería que se sintiera tan desgraciada y traicionada como él, pero saber que sufría sólo había contribuido a que se sintiera peor.

No se concentraba, no dormía. Cuando salía con sus amigos quería estar en casa, y cuando estaba en casa se sentía como un animal enjaulado. No quería alterar la vida de las niñas, pero vivir bajo el mismo techo que Sierra y contemplar lo culpable y desgraciada que se sentía lo estaba matando.

Lo peor era que de aquella situación era tan culpable él como ella, probablemente más.

Presintiendo que algo andaba mal, no había tratado de identificar la causa, sino que lo había atribuido a un defecto de ella y había pensado que, en cuanto aceptara que él era maravilloso, sería la compañera ideal. Cuando, en realidad, era él quien tenía el mayor problema, pues veía lo que quería ver. Había perseguido a Sierra con una determinación que rayaba en la locura. Ella lo había rechazado y él había insistido.

No sabía en qué había estado pensando al pedirle que se trasladara a su habitación dos semanas después de conocerse y al planear la boda seis semanas después.

Nunca le había preguntado por su pasado porque, en realidad, no quería saber nada al respecto.

Había sido un estúpido arrogante y egoísta.

Y aunque había tardado en darse cuenta, ni siquiera era ella la que lo había puesto furioso. ¿Cómo era posible que Ash, que lo había educado para ser un hombre bueno y responsable, hubiera sido tan descuidado y egoísta? Tendría que haber apoyado a Sierra, si su matrimonio no funcionaba, para que ella se hubiera quedado con las niñas. En lugar de ello se las había arrebatado. Era algo que no entendía y que nunca podría perdonarle.

Sierra le había mentido porque creía que era lo mejor para sus hijas. Era una buena madre y se había sacrificado por ellas.

Resultaba paradójico que, sabiendo ya quién era Sierra, la quisiera más que antes. Pero después de su forma de tratarla, ¿cómo iba a querer volver con él? Le había dicho que la amaba y que quería pasar con ella toda la vida, pero, en cuanto se había presentado el primer problema, había huido. ¿Cómo iba a fiarse ella de que no lo volvería a hacer?

En realidad, lo que esperaba era que ella le hubiera pedido de rodillas que la perdonara. Él la necesitaba mucho más que ella a él. O tal vez ella creyera que Coop no tenía remedio y no quisiera que la volviera a rechazar.

Oyó el timbre de la puerta. Sabía que eran Vlad, Nico y otros miembros del equipo. Norris había accedido a la venta en los términos originales. Habían cerrado el trato y Coop sería el nuevo dueño, por lo que los jugadores querían celebrarlo. Y aunque había conseguido lo que llevaba meses deseando, no le producía emoción alguna. Parecía que haber perdido a Sierra le había dejado sin ganas de vivir.

Lita asomó la cabeza por la puerta del despacho.

–Han llegado sus amigos, señor.

–Sírveles algo de beber. Voy enseguida.

No le quedaba más remedio que salir y fingir que todo iba bien. Pero no sería así hasta que Sierra volviera a ser suya. Y lo sería. Pero no tenía ni idea de cómo conseguirlo.

Sierra no hizo caso del timbre mientras leía un cuento a las niñas antes de dormir. Había oído a Coop decirle a Lita que vendrían unos amigos del equipo. ¿Era esa la forma de seguir con su vida? Salvo una tarde en que había salido con sus amigos para volver a las nueve y media, llevaba dos semanas sin moverse del despacho.

A Coop no se le daba muy bien vengarse.

Eso no implicaba que ella no se sintiera desgraciada ni que no lo echara de menos. Pero no podía negar que se le había quitado un enorme peso de encima y que volvía a respirar por primera vez desde hacía meses. Se daba cuenta de que si se hubiera casado con Coop sin haberle desvelado el secreto, nunca hubiera estado tranquila.

Por desgracia, contarle la verdad había destrozado la relación. Al igual que su embarazo, había sido una situación en la que todos llevaban las de perder desde el principio, y había sido una estúpida al creer que podría funcionar y que él nunca sabría la verdad.

Si Coop la perdonase, no volvería a mentirle. Pero era poco probable que sucediera, ya que él la odiaba.

Oyó voces masculinas. Sin duda Coop y sus amigos saldrían a la terraza a beber y él les contaría que le había hecho perder el tiempo y que le había puesto en una situación comprometida.

Fue a la cocina a lavar los biberones.

Oyó pasos que se acercaban, se dio la vuelta y vio a Nico.

–Quiero una cerveza –dijo mientras ponía una botella vacía en la encimera.

¿Constataba un hecho o esperaba que ella se la sirviera?

–Coop nos ha contado que lo vuestro se ha acabado –afirmó él mientras sacaba una cerveza de la nevera.

Su forma de mirarla hizo que se sintiera sucia.

–Así es.

Nico se le acercó.

–Me gusta tu hermana, así que tal vez me gustes tú.
–No me interesa.
Se volvió hacia el fregadero y sintió la mano de él en las nalgas. La repulsión le produjo náuseas. Y se preguntó si no lo habría incitado Coop, si aquello no formaría parte de su forma de humillarla. Pero antes de poder darse la vuelta, la mano se apartó. Coop, que había entrado en la cocina, agarró a Nico y le dio un puñetazo.
Nico perdió el equilibrio y se cayó.
Masculló algo en ruso y se frotó la mandíbula. Parecía más molesto que enfadado.
–¿Qué demonios te pasa? –le preguntó Coop.
–Como me has dicho que habíais terminado, he pensado que por qué no.
Coop lo fulminó con la mirada y después se dirigió a Sierra,
–¿Estás bien?
–Sí.
Coop se volvió hacia Nico.
–No voy a repetírtelo, así que escúchame bien: el único hombre que le toca el trasero a esta mujer soy yo.
Nico se levantó.
–Muy bien. La miraré, pero no la tocaré.
Sierra puso los brazos en jarras.
–Perdonad, pero ¿puedo decir algo puesto que se trata de mi trasero?
Coop señaló a Nico.
–Tú vuelve a la terraza y tú –dijo mirando a Sierra– ven a mi habitación ahora mismo.

¿Qué se creía? ¿Que podía darle órdenes? Entonces, ¿por qué iba detrás de él mientras se dirigía a grandes zancadas hacia el dormitorio? Tal vez porque la halagaba que la hubiera defendido. Pero no le gustaba que hubiera dado a entender que era de su propiedad.

Coop abrió la puerta de la habitación y le hizo un gesto para que entrara.

–Oye, no sé quién te crees que…

No pudo seguir porque Coop la interrumpió besándola en la boca. La abrazó con fuerza, y ella, en lugar de resistirse, se sintió tan bien después de haberle echado tanto de menos que no pudo por menos que devolverle el beso.

Él cerró la puerta de un puntapié.

–Me he portado como un imbécil. Lo siento mucho.

Ella apoyó la cabeza en su pecho y aspiró su olor.

–Me lo merecía.

–No es así. Y cuando he visto que te ponía la mano… –la apretó con tanta fuerza que la dejó sin respiración–. Dime que no te ha gustado.

–Claro que no. Ha sido repugnante.

–No quiero que ningún hombre te vuelva a tocar. Sólo yo.

Ella le tomó la cara entre sus manos.

–Eres el único al que deseo, Coop, y el único al que desearé. Y te pido perdón por lo que hice. Fue terrible para mí tener que mentirte. Debería haberte dicho la verdad desde el principio.

–No importa, Sierra.

–Sí importa. Tendría que haberme presentado ante ti y decirte que era la madre de las niñas y pedirte que me dejaras formar parte de su vida.

–No te habrían dejado pasar. El portero no lo hubiera hecho sin mi permiso, y no se lo hubiera dado.

–¿Así que hice bien al mentirte?

–Yo no diría tanto, pero era necesario. Yo hubiera hecho lo mismo para proteger a las mellizas. Y lo que te hizo mi hermano… Estuvo muy mal, Sierra. No debió quitarte a las niñas, sino haber aceptado la responsabilidad.

–Pero su matrimonio…

–¡Al demonio con su matrimonio! Cometió un error y tendría que haber sido un hombre y reconocerlo. Quería a mi hermano y le agradezco todo lo que hizo por mí, pero no puedo disculparlo. Y siempre cuidaré de ti y de las niñas, que es lo que él hubiera debido hacer.

Sierra no quería que la considerara una deuda que tenía que pagar.

–Porque te sientes culpable.

Él le tomó la cara entre sus manos.

–No, porque te quiero. Te pedí que te casaras conmigo, ya que te quiero demasiado para perderte.

–Yo también te quiero.

–Voy a llamar a mi abogado mañana y a decirle que rompa el contrato prematrimonial.

–Pero, Coop…

–No lo necesito, y le voy a decir que empiece a trabajar para que te devuelvan tus derechos como madre de las niñas.

Lo máximo a lo que ella había aspirado era a llegar a ser su madre adoptiva, ya que no creía que se la llegara a reconocer como madre biológica.

–¿Estás seguro?

Él le acarició la mejilla.

–Son tus hijas. Claro que estoy seguro. Después de casarnos, las adoptaré y serán de los dos.

Parecía demasiado bonito para ser verdad.

–Seré una esposa modelo. Aprenderé a cocinar y a limpiar, si es necesario.

Él negó con la cabeza.

–No.

–¿No, qué?

–No quiero una esposa modelo.

–¿Ah, no?

Él esbozó una dulce sonrisa, la misma que ella vería el resto de su vida, y dijo:

–Sólo te quiero a ti.

Bianca

Para la mayoría de las mujeres, Ryan Armstrong era irresistible...

Después de los negocios, lo que más le gustaba al increíblemente sexy Ryan era salir con mujeres. Por su parte, Laura no quería ser una más en la lista de Ryan. No le gustaba perder el tiempo con hombres arrogantes y menos aún con uno capaz de adivinar los pensamientos de la mujer que había bajo aquellos formales trajes de chaqueta.

Ryan era el último hombre de la tierra con el que Laura estaba dispuesta a compartir dormitorio durante todo un fin de semana, pero ella necesitaba su ayuda. Si Ryan trataba de aprovecharse, Laura temía no ser capaz de resistirse a la tentación.

Un encanto irresistible

Miranda Lee

¡YA EN TU PUNTO DE VENTA!